卷一

阿鼻劍前傳

ABI-SWORD Prequel Volume One

封印重啟

MA LI
馬利 著

《阿鼻劍》是鄭問漫畫／馬利編劇的作品，最初在一九八九年發表於《星期漫畫》，連載了「尋覓」、「覺醒」兩集，及第三集「前世」一部分內容而中止。目前有單行本及合訂本出版。

《阿鼻劍》將武俠漫畫帶入新的層次，歷久彌新，成為漫畫創作的傳奇。三十年來眾多讀者一直希望能看到主角何勿生與阿鼻第九使者等人接續的故事，鄭問與馬利雖然也希望接續創作，但合作機緣一直沒能成熟。到二〇一七年鄭問去世，成為永遠的遺憾。

《阿鼻劍前傳》，是編劇馬利把他和鄭問沒有說完的故事，改以小說形式呈現，邀請讀者一起進入阿鼻劍風起八千里的世界。

和鄭問一起

獻給《阿鼻劍》所有讀者

目錄

contents

前言

火，在竄騰。

影子像巨大的黑色波浪，緩吞而落，又急升而上。

空中有一幅畫在飛盪。

畫中，黑鬚金角、全身墨綠的龍，和一條赤紅的巨蟒在歙張廝殺。

也在糾纏交配。

巨斧和銅撾交擊。

帶著雷鳴的劍影轟然而過。

一切歸於寂滅。

只有匆生的臉，在火焰閃動中時明時暗。

而他最後一句話氣息低弱，卻清楚：「你要等到我再醒來。」

是的。

等到他再醒來。三百三十年。

他交付我的任務。

沒有死亡，長生不老。

對此刻已經活了兩百八十七年的我來說，這個常人祈求不得的願望卻成了無從擺脫的糾纏。

不是任務。更像懲罰。

其實，幾乎就在看著他死去的那一刻，我就知道錯了。

我不該答應他的。

一起經歷過那些事情之後，我應該和他一起死在那裡。

生命結束在那裡，才是善終。起碼，和他一起結束在那裡。

鐘鼓齊發，百樂琤琮之後，只剩孤弦單音，太寂寞，也太空洞。

空洞到錯亂。

起初，時間是快的。

快到只剩下眨動。一年如一日的眨動。

北風的呼嘯，夏夜的蛙鳴，都在眨動中更替。

再逐漸，時間是慢的。

慢到春日草葉上的露珠成了永恆的飽滿。

飽滿到讓人難以喘息。

還好，是進入第一百二十年吧，我找到這座洞窟，有了遁逃的去處。

不見任何光亮的山洞好找。沒有任何聲響的，難。
黑暗有了動靜，就會透出層次。
有了層次，就會波動。
而我只要靜止。

我需要在絕對的靜止中定坐。
坐到不知自己是從岩石中蚪結而出，還是從地縫鑽入無邊的虛空。

我總想告訴自己：這就是死亡的面目。
或者，最接近死亡的距離。
但知道都不是。
因為最後，我還是會聽到一個潮浪般的聲音。
我的心跳。

將近三百年的光陰，把許多回憶的河道阻塞，留下模糊的水面。

隨著潮聲在水面浮起的殘木，像是指引，也像讓我攀附的依託。

所以，不是我找到記憶，而是記憶找到我。

但，又有什麼關係？

畢竟，如果他答應的日子沒錯，只要再過四十三年，就是我們重逢之日。

我也到了需要把記得的都整理一遍的時候。

我和勿生的相逢。

他之成為尊者。

風起八千里的征戰。

那最後一夜的到來。

以及為什麼要等待他復活的理由。

身為阿鼻第九使者，我所記得的。

一 紅袍彎刀

都快立秋了，怎麼還有這種潑灑而下的雨勢，我站在那裡納悶。

本來，小小草棚，如果不是擠了好幾撥人，就算看雨發愣也無妨。現在可不。右手最外邊，最晚進來，大半身都蹲在棚外的，是三個莊稼漢。看來是附近的人趕了集回來，寧可淋雨，也不濕了一車東西。

裡面點，一個人道袍道冠，手裡可不見拂塵。大概淋得比較濕，一直把兩手寬袖東抖西抖抖。

比道士再早點進來的人，書生模樣。他個子小，又不時打個噴嚏，連腳邊放的包裹都顯得大。

左手邊，是一對男女。他們和我前後腳進的棚子。男的高挺，手裡拎了個竹條編的箱子，看來像個行商，可他精亮的眼神又透著不只如此。他進來的時候瞄了我一眼，之後就一直盯著棚外。

女的是他老婆吧，坐在棚子裡僅有的一張凳子上。一身綠，蔥綠的上衣配著草綠的裙。隔著她漢子，又低垂著頭，只看到她的雲髻和雪白的頸子，看不清面貌。

她旁邊，則是一頭她剛才騎的毛驢。

我，被這些人擠在中間。

麻煩事在後頭。

那年我十九歲。前一天在路上吃壞了肚子，早上才好些，卻又趕在這個當兒折騰起來。

雨大，棚子裡沒人還好辦。這會兒擠在人堆裡可不知怎麼是好。

我跟五臟廟不斷地說要行行好，別跟自己過不去。

肚子沒理岔，土地公卻可能聽進去了。雨勢漸小。望過書生跟道士，我打量到去處。

對面有個林子，可以遮雨，又隱密。我抄起東西，嘟囔了一聲「借過」就衝出去。雨水比剛才淋到的時候要涼多了。我跑得快，一頭栽進去。

在一棵樹下，我花了一盞茶功夫。

好在從林木間隙看著越下越小的雨，和棚子裡剛才一起避雨的那夥人，不算無聊。

就在差不多要起身的時候，雨中，路的遠處，出現了一個光影。

有那麼一會兒，我搞不明白那是什麼，怎麼會是那個顏色，那種動作。

稍微近了，才看出那是一個人。

禿著個腦袋，穿了一身棗紅色大袍的人。

他走路的步伐很快，姿勢又很詭異。

先只是搖搖晃晃得怪。等到再看清楚一點，脊梁刷地一涼。

他的禿頭上，竟然看不到五官。雞蛋似的光滑一片。我的頭皮轟然一陣發麻。

還好，下一刻，我看明白了。

他是倒著走路。我看到的是他的後腦勺。

那人左右搖晃著，卻像是腦後長了眼睛似的，越來越快地往棚子走過去了。

應該說，奔過去。

雨更細了。

棚子裡的人，三個莊稼漢還是蹲者，其他人仍然坐著的坐著，站著的站著。明明是朝著紅袍禿子的方向，看著他一路急速倒奔而來，每個人都視而未見的樣子。

我望了一眼那個綠衣綠裙的女人。她還是低著頭。

眼看紅袍禿子就要衝進棚子裡，他卻在不遠處猛然煞住腳步。住腳太急，只看他全身往後一傾，卻又靠釘在地上似的兩隻腳把身子拉了回來，筆直立定。

細雨突然沒了。

我稍微挪動了一下，就著一個方向，頭一次打量到紅袍禿子的長相。

一個瘦削的腦袋上，不見任何毛髮，連眉毛都沒有。看不出歲數。細眼，眼角高高地吊著，看來似睡未睡。嘴脣薄薄的，翹著兩邊，似笑不笑。兩隻耳朵，則大得毫不含糊地稱得上是招風耳。

我把頭埋更低了些。

棚子裡的人還是沒有動靜。偶爾聽到書生打個噴嚏。

旁人路過，還可能以為他們是同一夥人，正朝著同一個方向張望雨後的天空呢。

「把．人．交．出．來。」

尖尖細細的聲音，一字一字地響了起來。聲音也怪。

我看紅袍禿子。他還是那似笑不笑的模樣立定在那裡，沒見他嘴巴怎麼動。

接著，棚子裡的人動了起來。

最先是那個東抖抖西抖抖的道士。他寬袖長袍，卻輕靈地一眨眼就出了棚子，手裡有一道黑影往禿子的後背招呼過去。

書生差不多時間。他從斜地裡竄出，踮了個腳就騰起空中，直刺禿子。剛看他個子小、打噴嚏，怎麼也想不到有這麼俐落的身手。

一陣金鐵交鳴。道士被格開，他手裡是一方鐵尺。書生也從空中被擋落到紅袍人的前方。紅袍人還是沒有面對他們，雙手垂著，袖子寬長，看不到握著什麼，顯然是短兵器。

新加入了幾個人，從另一個方向圍住了禿子。是那三個莊稼漢，手裡長短兵器不一。

我暗叫了一聲。完全沒看出他們是練家子。更沒料到他們是一夥人，分頭過來避雨。

「名門正派都是喜歡打群架的嗎？」陰細的聲音又響起。他把話連起來說，就更怪腔怪調，不容易聽明白。似笑不笑的嘴巴還是看不出有怎麼動。

「對付惡人，哪有什麼講究。」高壯的漢子走出了棚子。綠衣女人本來垂著的頭稍微抬高了一些，像是在看前方地上什麼東西。

「嗤嗤嗤嗤。」紅袍禿子的笑聲更細。「早給晚給都是要給，幹嘛硬要送命呢。」

「你要什麼人，我們哪知道！」一個莊稼漢悶聲道。

紅袍禿子還是沒有轉身：「那你們裝什麼熊來護駕啊，就是你們天健莊少奶奶嘛。」

他雖然背對著棚子，但是眼睛吊得更瞇，嘴角也翹得更高，好像女人就在他面前似的。

「放肆！」一個綠影帶著道白光從棚子裡射出。

噹！

禿子仍然是頭也沒回就伸手擋開女人的劍光。

女人冷著臉孔，依然看得出形貌清麗。她也有一身本領，難怪剛才不動聲色。

禿子這次露出了手裡的兵器，是一把月牙形的小彎刀。「好俊的身手，我喜歡！」他又嗤嗤笑了一聲。

高壯男子暴喝一聲，緊接著一劍攻上。道士也把鐵尺舞扎，從旁招呼過去。接下來的場面難忘。

紅袍禿子不像是在打鬥，倒像是在進進退退，左左右右地踩著舞步。他左右兩手一邊一把小彎刀，閃著金光，東擋西切，響著叮叮噹噹，一派輕鬆。

然後，再過了一會兒，我就看著他一聲「著！」把道士的喉嚨割開，噴出一片血霧。又一聲「喝！」把書生的心口剜出個窟窿。

三個莊稼漢，都是胸腹之間剖開。

高壯男子的脖了被砍開大口子。這也是禿子臉上血濺得最多的一刀。

綠衣女子撐到最後，應該說是被讓到最後。

她看到男人被殺的剎那，尖叫一聲，回劍直刺自己的喉嚨。禿子左手的彎刀早已伸過去打掉，再騰身一指點了她的穴道。

女人癱倒。禿子撈起她，噹啷一聲兩把彎刀落地。

他桀桀一笑，猛力扯開她的衣服，一個雪白的奶子迸了出來。他沒有任何停頓，血手一捏，低頭咬上去。

禿子的大紅袍展開，把女人整個包了進去。

躺了一地屍首的地上，大紅袍子弓在地上像個小丘，一直在蠕動，蠕動。

老半天之後，紅袍人起身，立了一會兒，走了。這次沒有倒著走，左右搖晃依舊，逐漸走遠。

而他剛才弓身蠕動的地方，白晃晃的肉歪七扭八地攤在血水中。

棚子裡，小毛驢不知何時也不見了。

林子裡的鳥在啾啾地叫，林外的天空出現了一道彩虹，眼前的草葉上水珠晶瑩。

我這才意識到不知什麼時候，整個人都趴在地上。有點哆嗦，全身冷汗濕透。

雖然和我日後見過的殺戮場面比起來，這絲毫不算什麼，但卻是回憶經常浮現的一幕。

那是我第一次和十八惡道相遇。

我看到的是「女惡」。

專挑名門閨秀，尤其身上有功夫的女人下手的女惡。

二 我的名字

我有過兩個名字。

先從第一個說起吧。

我姓平，名川。筆劃簡單，寫起來容易，意思也好，在亂世裡可以保個順當。這是算命先生跟我爹說的。

我爹娘就沒有那麼順當。

我家是開封府人，逃難來鄱陽城投奔早年過來的堂叔。可千辛萬苦才到，我爹就死了。那年我四歲。

開客棧的堂叔收留我們，加上我娘做些針線活兒，倒也把我拉拔大。可是到我十二歲那年，剛可以跑堂侍候客人，她也過世了。若不是她過世前一個晚上交代我事情的印象深刻，都不記得她的模樣了。可我堂嬸常說，我和我娘是一個模子刻出來的。

我沒難過多久，也就適應了孤身一人的日子。

侍候客人從早到晚，夜裡累癱，沒力氣多想。加上南來北往的人多，客棧裡來吃的來住的，脾氣好的凶的，什麼樣的客人都有，每天都得些新奇見聞，也轉移了注意。

那是後來人稱五代的年頭。

說是亂世，可我長大的時候沒覺得。相對於北方還在殺得烽火連天，江淮之間不同。我所在的吳國，是原先唐朝淮南節度使楊行密東征西討，一手打下的基礎。楊行密身後，大政為徐溫把持。徐溫死後，他的養子徐知誥大權獨攬。

和北方不同的是，吳國宮廷裡的權鬥雖然未歇，但是民間未經兵燹。加上從楊行密到徐溫再到徐知誥，都是幹練的人。在他們的持續治理下，因而有後人所說「比年豐稔，兵食有餘」的成果。鄱陽大湖，水陸要衝，尤其富饒。

所以跑堂的時候，雖然我也聽到其他地方戰火肆虐的慘狀，總覺得遙遠。來往做生意的人，吃香喝辣，倒是看得真切。

從北方走藥材、羊馬下來的人，從南方走瓷器、茶葉上去的人，還有從更南邊運香料來的人。他們真給了我不少賞錢。鄱陽城裡出門發財的人也不少。有個運木材的張胖子，他回來大宴賓客的闊氣，讓人羨慕。

老早以來，就有個現象。當官的瞧不起平民，不論你多富有，也都是賤民。有錢人，當然又不把窮人當人看。

我在客棧裡最好侍候的，是南來北往的行商、過客，最怕碰上的，是在地有錢人。出門在外的人，通常都比較知道收斂一些。在地的有錢人，飛揚跋扈起來，不可一世。他們遇到當官的吃的癟，通通發作到沒錢人身上。

不過，沒錢的人，身上如果有武藝，就不一樣了。

那時候，身上有兩下子的武人，跟生意人一樣，出路很多。常聽說什麼人去當了哪個節度使的牙兵，扶搖直上；有人去哪個莊園帶起團練；還有嘛，就是拉起一幫人當了盜賊，說起來也就是去「上山」了，沒那麼難聽。畢竟，官逼民反，黃巢之後，盜賊之能為大，大家都早有見識。何況，英雄不怕出身低，當年楊行密自己也是盜賊。

堂叔是個胖墩墩的人。我們客棧裡賣吃的，別的菜倒也還好，就是幾道醬肘子、滷味特別。不只住店的客人愛吃，在城裡也知名，遠近都來。這就是堂叔的絕活。

堂嬸個子比堂叔高一截，說話也快一截。她看我拿賞錢，就說都幫我存起來拿走了。

他們有個兒子，大我三歲。從來不搭理我。小時候他都是出去跟街坊的小孩玩，大了之後也是出去踢毬、鬥雞，沒看他做過什麼正經事。他常得意地說，他爹那幾道醬滷味的祕方別人不傳，一定會留給他，他也只要做好那幾道菜就夠了。

而我，看來也就是一輩子跑堂，跟另外兩個夥計一起繼續給他當下人了。

可是聽多了這個人發財，那個人發跡的故事，我還是不免做起白日夢。

如果有一天，我也能出去走走呢？跟著什麼人出去做買賣？

聽客人聊各地的景緻，最讓我動心的，有南，有北。

南邊，閩國來的人說，他們的福州改名長樂府之後，日日夜夜有多少新奇華麗。跟新羅、日本、南洋來往的船，帶來多少珍異貨物。

那人說起大海，我問他海長什麼樣子。他形容了半天，我說我們鄱陽湖也是一望無際啊。「你懂什麼！」他嗤笑。

北邊，是關外的大草原。說話的人，講他騎著馬跑幾天，東南西北都不見邊際。我聽多了北方的戰亂可怕，還有胡人的凶猛，可是那麼大的草原，我怎麼都沒法想像到底是什麼模樣。草原和大海哪個比較大呢？

想著，我心中波濤起伏。

做到第五年的時候最難捱，真想央著哪個客人帶我走。反正孤身一人，外頭的風險再大，總比一輩子這樣強吧。何況，搞不好也可以輪到我揚眉吐氣？

後來，時間再過去，也就明白這都是妄想，又慢慢沉靜下來。

再過一年，我死心塌地這輩子就當一個跑堂了。再聽客人講些天南地北的事，也就只是當故事聽了。

有個客人會講謎語。其中有個我記得很清楚：「有樣東西，扛得了重，可是走不了。

它的頭就是它的尾。有時候你看見它在彎腰，有時候在伸腰。」大家都猜不到，答案是橋。

還有客人講一個會法術的人。說他仗著法術什麼壞事都做，叫人逮到也不怕。因為抓了他砍腦袋都沒用。砍一個長一個。後來才知道，要破他的法，得在夜裡把他綁到月亮底下，朝他地上的影子噴三口水，砍他影子的頭一刀。這樣他的腦袋掉下來，才再也長不出來。

日子就這樣，有點事也沒什麼事地過去了。

可那天，客棧裡來了一個書生。

三　書生

那是個瘦䠷的讀書人，帶著一個箱匣。路上就有了病，到客棧說要歇息兩天就走，結果卻發起燒，走不動了。

他先說自己懂點醫道，開了方子找人去配藥。不見好，堂叔又找了個大夫來看。也沒見效。這下子病就拖下去。等他盤纏用完，病情越發嚴重。

堂叔翻翻他箱匣裡只有一把劍和幾本書，沒什麼好氣。出來跟我說：「還好有把劍可以拿去當了、賣了抵一抵。」

眼看他逐漸是挺著等死，客棧又來了幫毛皮商人，客房不夠，我就乾脆把他接到我住的柴房去。

我來照料。能好過來，是他的造化。好不了，也沒有死在客房裡那麼晦氣。

還真做對了。把他搬到柴房之後，日裡夜裡多顧著他一些，情況當真慢慢好轉。頭十天，多了口氣。再半個月，精神好多了。等到快要入伏的時候，他已經起身走動自如。

有天中午，我幫他送了些吃的過去，看到他拿著一本書，在咿咿哦哦地唸著什麼。聽不懂，卻挺有意思的。晚上就問他。

「唔？」他看看我：「你怎麼會想知道這個？」

我臉刷一下紅了。我只跟著堂叔認識一些帳單上的字。

他看出我的窘態：「不，我是問你，你是聽出什麼意思嗎？」

我跟他說沒有，只是覺得唸起來聲調真好，又好像有什麼意思在裡面。

他哈哈一笑，就把他唸的那首詩講給我聽了。多好的詩啊。我聽到著迷。不，是激動。

東海有勇婦
何慚蘇子卿
學劍越處子
超然若流星
捐軀報夫仇
萬死不顧生
白刃耀素雪
蒼天感精誠
十步兩躩躍
三呼一交兵
斬首掉國門
蹴踏五藏行
……

他跟我說，那是一個叫李白的人寫的詩。

詩裡的句子，把一個識字不多的孩子攪得心情翻騰，眼前模糊。
講詩的人問：「你哭什麼呢？」
我答不上來。
過了一天之後，我才跟他說：「我哭自己活得連一個女人家都不如。」
書生多看了我一會兒。他的人瘦，眼睛卻大，左眼角有顆紅痣。
「我想學劍。」我鼓起勇氣跟他說。
他問我：「你有什麼仇家嗎？」
我搖搖頭。
他想了想問我：「那是想有了本領出去闖蕩？」
我搖搖頭，點點頭，又搖搖頭。「我就是想學。」
書生微微一笑，沒再說什麼。
第二天早上，箱匣還在，他卻不見了。
失蹤了。連著十來天。
有天夜裡我聽到動靜醒來，他回來了。他看著我，大眼睛在黑暗中閃著光：「你真的想學劍嗎？」

就這樣我有了一個教劍、也教字的人。

書生說：「不識字的人學不好劍。」

我求他寫給我的第一張識字的字帖，就是李白的那首詩。

但他堅決不肯收我為徒：「你照顧我一場，救了我一命。我教你一點東西，只是一點回報，不成心意。」

我跪下來給他磕了三個頭。他攔不住我，也作了三個長揖，說：「不敢當。」

接下來一個月，他教了我一套劍法，和打拳、吐納練氣的方法。也透露了點自己的事。

他姓馮。到這裡是尋仇的。在大病一場康復之後，他溜出去查了仇人的狀況，卻發現對方就在這段時間暴病而亡。

既然事情已經這般，他也就接受天意如此，決定回來教我點東西。

「我的仇家沒了，劍也沒有用了，就送給你吧。」他說。

我接過劍的那一刻，永遠如在眼前。

劍鞘、劍柄一色暗紅。劍身是三尺三，比一般略長。在燭光下，劍鋒亮得晃眼。

後來我摸過再多的好劍，也沒有像那一把難忘。

有天晚上，書生說我學得有些眉目，離別的時候到了。

他也第一個告訴我「平川」這個名字不只有「順當」的意思。

「平川浩蕩，」他說：「氣派很大。」

平川不只是順當。還有浩蕩的意思。這讓我震動很大。

第二天睡醒，他消失不見。

我惆悵了很久，為了和這個人再無相逢的機會。

當然，我不知道，命運已經安排了我們再見之日。並且是那個情況。

四 出門

書生走了。但，我的人生再也不同。

接下來，我每天練習所學。

書生說過，因為他不收我為徒，不想別人看出我的師承，只能教一些最基本的東西。所以除了馬步，還有一套連名字都沒有的拳路和吐納運氣之法外，他教我一套十分常見，無所謂師門的「三才劍法」。

書生說，正因為太通俗了，很多人不覺新奇，大半不肯仔細練，很容易走樣，以訛傳訛。而他教我的，就是一套還原歸本，乾乾淨淨的「三才劍法」，不但容易入手，用心練必會受益，將來有緣再學別的，也比較容易上手。

他還跟我說，練拳不要只練招式，要練到有一天可以感覺到「體隨氣動」。「所以你要認真打坐，吐納運氣久了，你有了內功，要打拳，要使劍，就都不一樣。」書生說。

他也給我誇讚。「我看你學劍很聰明，使劍很輕靈，有天分，一定會練出火候。」不過，他也告訴我另一件事，「不管練拳和練劍，練是一回事，真正和人家動起手來，又是另一回事。」書生說。「練熟的招會用得上，可更多時候，你得臨機應變。」

我問他如何臨機應變。

書生哈哈笑起來，說他講得出來就不是臨機應變了。

我記住他的話，朝夕苦練。

不管冷熱，找得出空的時候。不只是武功，還有他寫下來留給我的千字文字帖。

有時候，起得晚了，會吃堂叔狠狠的排頭。但是我不在乎。一天天覺得自己越來越有進展，很享受。有些不知名的期待，也在心底隱約地蔓延、游移著。

書生告訴我，劍要藏著，不要外露。我聽他的話做了，但是卻沒有藏住我的夢想。

我不要只是窩在這裡過太平日子。

外面的世界，劇變不斷。

我遇上書生那年，北方石敬塘跟契丹借兵，滅了後唐，改朝晉。我所在的吳國，徐知誥也進一步廢了楊家天下，先是改吳為齊。等到北方的後唐滅亡，徐知誥自稱是唐憲宗的後代，所以回歸李姓，改名昪，同時又再改國號為唐。也就是後來大家所說的南唐。

雖然出門總是不平靜，可我們唐國比起北方中原可說是富庶又太平，何不一試？

終於，有一天，那游移的期待具形迸現了。

有個每年總會經過一趟的茶葉商人，和另一幫喝醉了酒的客人起了衝突。先是口角，後來鬧起來。

茶葉商人本來有個年輕的隨從，這次沒看見。那些人看他孤單，就要欺負他。

我過去勸解，一個塊頭很大的傢伙瞪了我一眼：「你算什麼東西！」一把推來。

說起來，我都分不清到底是被他趾高氣揚的那句話激怒，還是早就準備要出手，總之，我反手一格，再一拳打到他腰眼上。

大塊頭一下子癱倒在地上。

其他人要上來，我簡單俐落地撂倒兩個之後，就都安靜了。

「要欺負人到別處去！」我跟他們吼了一聲。

我堂叔瞪大了眼睛在看我。

那天晚上，堂叔把我找去，問我怎麼會了拳腳。

我一五一十地說了。

堂叔聽我有了一把劍，眼睛瞪得更大，跟銅鈴一般。那時候，律法亂，一般人私有刀劍，是可大可小的事。我本來擔心會挨一頓罵，可他沒說什麼就叫我回去了。

第二天一大早，堂叔和堂嬸一起叫我過去，劈頭一句輪到我瞪大眼睛。

「以前常聽你說能出去走走多好，現在還想嗎？」堂叔問，聲音很輕柔。

接著他跟我說，茶葉商人這次沒有隨從，是因為以前那個年輕人在路上得了痢疾，一病不起。

「他是我們的老客人了。我看他這樣在路上沒有人陪是不行。你想的話，我來幫你問問。」他說。

堂嬸一向話多又快，那天早上在旁邊一直只是看著我，沒出聲。

事情很快就談妥了。

茶葉商人本來就知道我，再加上昨天幫他解圍，一聽堂叔建議他帶我出去，沉吟了一下，也就同意。

唐朝時候，出門做生意，路過關津，都得有「過所」，也就是通關文牒。不但商人自己，隨行的姓名也得註明清楚，檢查嚴格。等到了五代，天下大亂，各國之間的關防之地防備固嚴，國境之內的通行就看情況，鬆緊不一。

茶葉商人說他回去之後就要收手不再出門了。所以帶我去不了多遠的地方，能教我多少買賣的事也說不準。但如果我真想出門看看，還是樂意帶我。路上如果碰上盤查的時候，只要記得報上他原來那個隨從的姓名，也就可以。

他直跟我堂叔道謝：「這也是幫我的忙。他跟著我，我放心，你也可以放心。」

忽然，多年的夢想，早就埋起來的夢想亮了起來，像是有個新的天地在我眼前打開。生平跟人第一次打架，竟然就有這麼美好的獎賞？我都不敢相信。

我才不管茶葉商人回去之後就不出門了怎麼辦。只要能先離開就好。出了門，自然有新的機會。我很有把握。

這樣，沒幾天，等茶葉商人料理好他的事，我就可以跟他走了。

堂嬸把這幾年幫我存的賞錢給我，只有我以為的一半不到。倒是堂叔說我出遠門，身上要有點錢，慷慨地多給了我一些盤纏。他知道茶葉商人要去的方向之後，還推薦我有需要可以去一座縣城找他的朋友。

他對我的態度也和過去完全不同。之前，堂叔看我的時候，多半拉著臉。那幾天他可一直都是笑臉。

連他兒子，以前從不正眼看我，也跟我點點頭，閃過不知是羨慕還是什麼的眼神。

我帶著一把劍和一個小包裹，和茶葉商人上路。

和堂叔不捨地告別後，出了客棧走遠一點再回望，看到他帶著從沒有過的輕鬆笑容跟別人朝我指指點點，心頭最後一丁點牽掛也全部放下。

我出發了。

五 官兵的啟示

以前那麼想學做生意，真的開始了，發現自己不是那塊料。

帶我出來的主人姓溫。路上挺照顧我的，不虧待人，是個好人。他也樂意教我一些茶經，怎麼聞、怎麼辨識、怎麼煮的。可是我對那些茶葉真沒什麼興趣。春茶、秋茶，各種茶名，我總是分辨不清。茶就是茶，喝了就是，實在不明白裡面怎麼就有那麼講究，有的茶價錢還能高成那樣。

跟我學劍一對照，就更清楚。學劍，我再細微的動作都不想錯過。書生示範過的一舉一動，我都看過一遍就牢記在心。

所以等我跟主人一路回到他的縣城，他當真決定不再出門，只是想開個茶莊，收我當學徒之後，我就告訴他，那我還是自己到處看看好了。實際出了門之後，知道沒有過所，也還是有很多地方可去。

那位主人很爽快，給了我一塊銀子，比我堂叔一家給我的還多。我就這樣又意氣揚揚地上路了。

但沒幾天就撞上了女惡這檔事。

黃巢之亂以後，天下惡人盡出。江湖中也出現了十八惡道。

十八惡道不知來歷，南北流竄，若分若合。目睹者傳說，十八惡道不只中土之人，還有契丹人，有扶桑人。還有人說，十八惡道不只有人，還有獸有鬼。眾說紛紜，恐怖莫一。

女惡專喜身上有功夫的女人。

這次天健莊少奶奶要回娘家一趟，一路喬裝而行，仍然落此下場。

在林中目睹那場經過，前後不到一炷香功夫，震得我失魂落魄。女惡宛若舞蹈，前前後後的細碎走步；他手裡兩把月牙形的小彎刀，輕輕巧巧就切開那些喉嚨、心口。生平頭一次看到一片片噴灑出來的血霧，不光是驚人。回過神來，更讓人虛脫的是，我明白了一個事實。

我原本以為憑著所學的「三才劍法」，以及苦練可成的決心，總能夠闖出點局面。但看過女惡那一場，才知道自己何等淺薄。

我夜不成眠。惡夢連連中，那個女人綠衣撕開，雪白的奶子上一隻血手抓上去的場面，更是每晚都有。冷汗淋漓地醒過來之後，難再入睡。也難再想什麼。就那麼發呆。沮喪中，我又想到了要去從軍，看看有沒有機會當什麼大人物的牙兵，跟著他一起飛黃騰達。

但是接下來有一天在路上看到的情景，讓我打消了這個念頭。

那天我走在一個河岸上，看到遠處有一隊官兵護送著一些轎子過來，就照我常聽的告誡「見官先躲」，趕快在路邊藏了起來。

那個陣仗不小。

前面十幾匹馬引路，接著五抬轎子，又十幾匹馬，再二十幾輛手推車，又再加殿後的三、四十人。陣仗不小。肯定是護送什麼官宦人家。不知是否準備嫁妝之類，這麼多財貨。

那些人來到河邊，過橋。河不寬，橋也不寬，並排走不下兩抬轎子。前頭人馬還沒下完橋，轎子都在橋上，後頭人馬才剛上橋，整座橋都占滿了。

就在此時，一個光景出現。

後面的官兵突然吆喝著「不好啦！」策馬往前。這一擠，抬轎子的先都掉進河裡，坐轎子的，有的被掀翻在橋上，才有人踉蹌鑽出轎子也被擠到河裡，還有兩抬根本是連人帶轎直接落了水。

河裡一陣波浪，有人掙扎呼救，叫喊聲時斷時續。才沒一會兒，也都被河水淹沒了。

二十幾輛手推車的人還沒來得及騷動，岸上他們身後的官兵早就亮出了刀劍，光影閃動，一陣搠砍，沒幾個人來得及慘叫出聲就都倒了一地。

橋上帶頭吆喝的那人，策馬走了幾步，高聲嚷道：「高大人榮歸故里，可惜一家人路上遇上強盜，又不小心落水！咱們這就去追強盜，把財物搶回來，好跟鎮國公交代。好不好？」

橋上橋下一片「好！好！」聲。

我腦子沒轉過彎，一直發懵。

然後官兵才往前走了沒多久，又聽到帶頭的那人吆喝起來：「前面！前面！把前面那幾個先抓起來！」

我順著他指的方向望過去，路上停了幾個人。雖然在幾丈開外看不很清楚，怎麼也不像是什麼盜賊，大概就是一些行商摸不清前面有什麼事，停在那裡探頭探腦。這會兒看有官兵追趕過去，已經癱軟在地。

約莫到這個時候，我總算會過意來。

官兵是做賊喊抓賊。他們護送高大人返鄉，滅了人家全家，再去找些可憐蟲當強盜辦，就可以把財物全吞了。

這高大人返鄉能有這麼多財物，顯然是個貪官。貪官自己遭殃，死有餘辜，可是全家人陪著落水，讓人看著可憐。再想到如果我不是先躲了起來，這不早被當強盜抓了，不由得打了個哆嗦。

看著這些當官的黑吃黑，我想去從軍的念頭一下子打消了。

不能跟著去造孽吧。

六 摩訶劍莊

我本來還有一個想頭。就是去摩訶劍莊。

在鄱陽城老家，久聞摩訶劍莊的種種傳說，馮書生教我劍的時候又跟我講了不少，所以一直很景仰。

武林原來以少林執牛耳，眾望所歸。太平時代，少林出面排解糾紛，大家買帳。亂世裡官賊不分，命如草芥，少林地處戰亂頻仍之北方，能閉關自守已屬大幸，遑論其他。

至於武當，那時山上雖然有人，還根本不成氣候。

江寧府，也就是金陵的摩訶劍莊崛起，正在這個背景之下。摩訶劍之開山祖師，據說是出身少林的俗家弟子。「摩訶」一語出佛典，可說是「廣大」的意思。

傳到第三代掌門人方境手上，適逢黃巢亂起。江湖上也幫派林立，新舊之間血腥廝殺。

這時摩訶劍莊做了一個重大抉擇，一改先前的沉潛自修，積極參與地方上的安保，也和各方門派聯絡、結盟，逐漸望重各方。

方境之子，方禮接第四代掌門人之後，隨著江淮之間逐漸安定下來，再三十年，把摩訶劍莊帶上一個巔峰。

到方禮六十大壽之時，在武林中有一言九鼎的名望。各方豪傑登門致賀，轟動一時。那年正是李昪重立大唐旗號之年，也是我出門的前一年，國有慶典，摩訶劍莊也有喜事，大家口耳相傳。

方禮膝下無子，只有一女。

大徒弟勿語，二徒弟勿生，都是從小收養的。

大家口耳相傳中，大徒弟勿語穩重、大器，所以主要在莊裡跟著方禮，逐漸可以獨當一面；二徒弟勿生則熱情豪放，經常幫方禮出門料理事務，所以很多人叫他是大護法。勿生年紀雖比勿語略小，卻有一樣特別經歷。他曾經去南方閩國還是哪裡幫什麼人助陣，有過一段兵馬生涯，之後重回摩訶劍莊。

據說，勿生因為這段經歷，回來之後把摩訶劍法使出其他同門所沒有的火候。

好事的人又特別愛議論一件事：將來方禮到底要把掌門之位傳給誰。之前大家議論的是方禮會不會把女兒嫁給他們兩個裡的哪一個，結果另外嫁了一個不是武林中的書香門第。所以這次掌門會傳給誰，就又成了話題。

可方禮在他花甲壽宴上沒有任何表示，猜測的人這就更起勁了。

我早就夢想過有一天能投入摩訶劍莊門下。本來以為可以憑書生說我具備的資質，受到賞識。但是照我看女惡和天健莊那些人交手，且不說女惡，連天健莊每個人的身手都讓我望塵莫及，實在不知道自己算哪一根蔥。

路上我曾經聽說有個文曲門，不但正派而且有孟嘗之風，就興匆匆地想去見識一番。文曲門有個很氣派的莊園。到了那裡，守門的人衣著鮮麗，人家還沒問是什麼來意，我就有點自慚形穢地離開了。

文曲門都這樣了，何況摩訶劍莊。

我根本連三腳貓的功夫都稱不上，憑什麼要人家賞識。就算到了人家門口，也會被趕走吧。

所以我就在路上浪蕩了一陣。

開始的時候挺自得的。不算重要的縣城，看守也沒那麼緊的，我就看機會混進去看看。不然就走走村子，看看市集，路上也不覺無聊。

那個時候的市集，已經開始叫「草市」了。地方上的人聚集，交易的東西很多都和城裡不一樣。我都是趁機會找吃的，碰上女惡鬧肚子那天，就是前一天在一個集子上吃撐了。

還有一天早上，在一個市集上聽有個女的琵琶彈得好。之前，我在客棧裡就常聽人彈，熟悉一些曲子，吃著炒餅在旁邊聽，讓我有些想家，儘管那也不是真的家。

後來我也扔了兩個錢給她，跟她說彈得真好。她看我淺淺一笑，臉上有些小麻子。

路上也有難受的時候。

江南很多北方逃難而來的流民。以前在城裡的時候，看不到什麼流民。到了城外就多。流民有的三五成夥，有的落單而行。有的村子願意照顧他們一點，有的趕他們。剛碰上他們的時候，想到我爹娘也是北方來的，會覺得憐憫，想掏點錢，可馬上就知道行不得。一下子蜂擁而來，我狼狽而逃。

所以路上也常看見吊死的人。多是走投無路的流民。

也有我們自己國裡的女人。

從唐朝開始，嫁女兒得準備厚嫁妝成了習俗。所以有錢人家的女兒好嫁，窮人家的女兒嫁不出去。到了五代那個時候雖然因為天下大亂比較沒那麼講究，可還是有人想不開。家貧一直嫁不出去，就去路邊吊死。

我看著一路這些光景，開始還覺新奇；思索自己的前景，開始還有信心，但沒過多久，隨著兜裡的錢越來越少，心裡的疑惑也就越來越大了。

原來覺得海闊天空，無處不能去，這時覺得前途茫茫。

不知道你的夢想多快實現，又多快破滅的？

我那一趟很快。

出門也不過三個來月，就想要不要還是回鄱陽城，給堂叔跑堂算了。現在長了些見識，可以幫他的事情也更多些，他應該會接納我的。

如果不是接下來發生了另一件事，大概我就真回家鄉了。

七　盲者之杖

那天，秋風送爽，天高無雲。我路過一座縣城。

城外很熱鬧。東一攤鬥雞者有之，西一圈玩蹴毬者有之。旁觀者有之，吆喝下注者有之。

城門那邊，守城兵卒也懶懶散散。

我正在思量是在城外看看熱鬧，還是要進城裡看看的時候，聽到一陣聲音。

嗒嗒嗒嗒，嗒嗒嗒嗒……

急促的馬蹄聲。

喝喝喝！

一名衣色鮮豔的人催馬而來。

鬥雞的人沒受影響，但蹋蹴毬的人已經停下。守城的兵卒也皺眉望去。照這怒馬加鞭之勢，一路沿著官道衝進城裡非同小可。

我本來以為又是哪個紈褲子弟出來顯威風，但隨著馬疾如風而來，人的臉龐也逐漸清楚可見，才看到這名四十來歲的人，滿頭大汗，一臉驚恐。

喝喝喝！

疾呼之聲更大。鬥雞的人也紛紛往官道這邊望過來了。

這時我聽到呼嘯！一聲。

橫空金光一閃，接著，一聲慘叫、一聲淒厲的馬嘶，加上重物砰然落地的一聲，幾乎同時響了起來。

一條金光耀目的長物，穿過人背刺透馬頸，人馬一起墜地又往前滑起一股泥塵。

泥塵逐漸平息。四周原有的喧譁早就靜止。城門口的兵卒和行旅，也一動不動。

那枝金光耀目的東西，看來是枝長箭。但又不像。箭沒有這麼長，何況又沒有箭羽。

但不是箭，又從何來？

放眼四周，沒有任何跡象。

叮・叮・叮・叮～

一陣帶著節奏的清脆聲音響起。我這才看到，官道上不算遠的地方，正有一個黑袍人踽踽而來。

黑袍人走得似乎很慢，因為他手裡撐著一把手杖，但又好像很快，因為他沒幾下就來到了人馬墜倒之處。

馬匹仍在嘶氣，人則早無氣息。黑袍人窸窸窣窣地摸了幾下。「噌」的一聲先是拔出了金色長棍。說是長棍也不對，因為越往棍底越尖，倒像是一把長長的錐子。亮晃晃的金色長錐。

他蹲著再摸摸鮮衣人的腦袋，用金錐戳了幾下脖子，伸手一揪，喀嚓一聲拽下囫圇一個頭顱，放進原來掛在背後的一個皮囊裡。

黑袍人起身。我這才注意到他還戴著一頂黑色的高冠。

他有條不紊地，像歸劍入鞘似的，把金錐收進手杖之中。然後，叮叮地在地上敲了兩下。往前走了兩步。叮叮再敲兩下。又往前走了兩步。

一路目不轉睛地看到這裡，我才注意到，他那些窸窸窣窣動作的意義。

他的眼瞳，毫無光彩。

高冠黑袍人，是個瞎子。

城門口的兵卒終於回過神來。一名帶頭的喝了一聲：「大膽狂徒，目無王法，拿下！」

其他幾人也紛紛圍了上來。旁觀的，有人還繼續在原地看，有人早就腳軟，連滾帶爬地躲得更遠了。黑袍人伸手作勢。

「且慢。」他慢聲說道：「殺個人算目無王法，那他們黃家仗著官府威勢，魚肉鄉民，為了爭地，可以滅人滿門，就不是目無王法了？」

四周一陣驚呼：「黃家大少！」

「我要在城門外殺他，是要你們做個見證，傳個話給撐他家腰的狗官，他多行不義，我今晚就來取他首級！他人無涉，早避為妙！」

四周又一陣驚呼：「縣太爺！」

黑袍人再沒多說，身子一踮，騰空一躍，兩個起落就上了城牆半腰，再一踮腳，上了城頭。上面傳來幾聲叱喝，然後動靜沒了。他的人也不見了。

接下來，我就趁著嘈亂，夾在城外的人堆裡進了那座縣城。

倒不是為了想看那天晚上的熱鬧。一來知道憑自己這點能耐，看不起。二來也毫不懷疑黑袍人可以進出自如。

我留下來，是因為對自己的將來有了新的想頭。

十八惡道裡光是一個女惡，就能凶惡如此，完全摧毀了我這個只會一套「三才劍法」的毛頭小子的信心。

但是這天這個高冠黑袍人，讓我見識到，仗義行俠的人，也可以威風如此。無弓非箭，一枝金錐可以橫空貫穿人馬的力道及準頭，令人目瞪口呆。

況且，他還是個瞎子。

如果一個瞎子可以練到這個境界，我一個少年家，怎能沒這個志氣。

我回家鄉的念頭沒有了。出了門的人，就像出了鞘的劍，不能無故而回。

我決定繼續往前走下去。就靠著「三才劍法」吧。我會遇上一些好事的。我想。

當時做夢也想不到的是，將來有一天，我會和那個高冠黑袍人成為並肩戰友。

八 入獄

進城之後，我找了家離縣衙門近的小客棧落腳。

客棧都有便宜房間，可以讓多些人擠著睡。這家剛好有一間還剩一個空位。睡我旁邊的，是四個兄弟，其中老大臉上長了個黑瘤。他們一起出來做布料生意，看得出是小本買賣。

一堆人在屋子裡的腳臭再加身上各種怪味，薰得人發慌。幸好我本來就沒打算睡，一直醒著聽外頭的動靜。

撐到都打三更了還沒什麼事，我剛闔眼，街上一陣喧譁。接著有人擂起客棧門，震天價響。

我坐起身，屋子裡也有人起來。

這會兒，雜亂的腳步聲已經來到房門口。

接下來的事情，現在想起來都一片模糊了。記得的，也都是片斷。

嘩啦一下門被人踢開。

「都抓起來！」一聲。

我才剛抄起劍。

鐵鍊哐啷兜頭砸過來。

亮晃晃的火杖。

背上一陣劇痛。

再醒過來的時候，我恍惚了好一陣子。

等再回過神來，我寧願沒有醒來。

我先聞到一股味。比起來，客棧裡那些怪臭簡直是蘭麝之氣了。

我翻身大口大口嘔吐。吐出來東西沾到臉上的味道，都反而讓我覺得好受些。然後聞到那股味，再吐。吐到再也沒東西可吐，我只能小口小口地喘氣。

後來我只能癱在那股氣味裡，頂多再乾嘔幾聲。

這才注意到我手上腳上都綁著什麼東西，很難動彈。

四周黑暗。

循著一點閃動的光線望過去，外頭有一把吞吐燒著的火炬。看了一會兒火炬，再看清手上的鐵鍊，我會意過來，大叫起來。

「官老太爺！官老太爺！」跑堂的經驗，讓我知道再小的捕役，也喜歡聽人家叫「官老太爺」，想必獄卒也是。

「冤枉呀！」外面那裡也跟著響起一陣呼號的聲音。「大人啊！」

我用力地掙扎，也跟著大叫，再掙扎。

「再給我亂叫！拔了你們舌頭！」一個巨大的黑影擋住了火炬照過來的光線。

獄卒桀桀地笑了幾聲，回身就走。

我想起身，卻被腳鐐絆得一跤摔在那裡：「官老爺！」獄卒再沒理我。什麼刺鼻的惡臭現在都不在心上了。我只覺魂飛魄散，嘶嘶喘氣。

「你勾結瞎子，謀刺縣太爺，還冤枉什麼呀！」

一個聲音從角落裡傳來。有氣無力的，剛好聽得見。

遠處火炬明暗不定的光影裡，我在牢房角落裡認出了一個人形。披頭散髮，臉部輪廓不清楚。半躺在草堆上，兩條腿卻以很奇怪的角度折在那裡。再過一會兒，看出他右腿膝蓋骨被削去，血汙一片，另一條腿的膝蓋，可能也被敲碎了。他的左臂那邊如何不知道，看得到的右邊，血水似乾未乾的一片，手掌也成了一片很奇怪的形狀，是被什麼東西砸爛了。

我明白那股味是怎麼回事了。屎、尿，混合了血腥。

老半天，我問了他一句：「你怎麼知道的？」

他沒回答。聽得到他粗重的喘息。

我六神無主的慌亂，突然因為對這個血汙人形的注意，而沉澱下來。我心底有數了。

這可能就是我不久之後的遭遇。

我腦筋轉了一陣，好不容易又問了一句：「你知道縣太爺怎麼樣了嗎？」

那人再沒出聲。

我懵在那裡。

好一點的是，透過一個天窗，看到天開始亮了。

牢房逐漸看得更清楚。

這是間石頭砌的牢房。

血汙人那邊牆頂上留了個通風口子，算是窗子。牢口立著鐵柵欄。欄外走道，牆上的火炬不知何時滅了，可隱約看得見還掛了些鞭子、鉤子、奇形怪狀的東西。

從隔壁牢房傳來的吧，有人一直在嗚咽，有人在哀叫。又有人被拖拉出去，在走道上掙扎的聲音。

在惡臭和那人的喘息聲中，我腦子混濁一片。心想不用慌，天大的事總會開個堂，總有申辯的機會。

天暗了，有人在走道上又點起了火把，又過來扔進了什麼東西，撂了一句「吃吧！」就走了。

我沒再吭聲，挨蹭過去，是兩個飯糰。抓起來吞嚥幾口，回頭看草堆旁邊那人，沒什麼反應。

有一陣我以為他死了，可又看他動了一動。

「吃嗎？」

「手搆不到。」他說了一句。抬了抬左手。不像右邊，沒受什麼傷。

我忍著惡臭，小心地挨近一點，推到他搆得到的地方。

那晚就這樣過了。

第二天，還是一樣。

白天聽見走道上有嘈雜拖拉的聲音，可是沒有人來理會這邊牢房。

只是到了晚上來點火把的時候，來了三、四個人。這次送的東西多了點，還用盤子盛著。飯糰之外多了兩顆滷蛋，還有碟醃蘿蔔，酒瓶和兩個杯子。

我想起聽來的故事，要掉腦袋的人都是吃好一點再上路，就嚷了起來。「這是幹嘛！這要幹什麼！」

這兩天送飯糰來的人要說話，旁邊一人朝他搖搖手。雖然也是捕快裝扮，看來是個頭頭。他朝我揚了一揚手裡的東西。

「這是你的嗎？」

他拿的是我的劍。暗紅的劍鞘，即使在火光下也一眼就認出來了。

「你怎麼有這種好東西？」

「有人送我的。」

他咯咯笑了起來：「怎麼就沒人送我哩？不是偷的就是搶的吧。」

我大聲說不是。

有人過來說話：「二哥，那幾個人帶的布料都賣出去了，價錢還不錯。」

「行了行了。」那人回頭說：「那我們走吧。張老爺還在大吃家擺了席呢。」

「怎麼二哥天天去大吃家，都吃不膩啊。」另一人說。

「我就是好那一口。登登咧咧登～～」那人心情好得哼起了小調。

「二哥是醉翁之意不在酒啊。」又一人說。

二哥樂得哈哈大笑，跟一夥人出去了。

九 風中的刀鋒

刑場設在城外，圍觀的人黑壓壓一片。

那個年頭到處死人，地方官砍頭像切菜一樣，可不知還是這麼多人愛看。

獄卒押著我踉蹌走了過去，同房那個人也用板子一路拖在後面。

進去場子中央，裡面不只我們兩個。六、七個人早跪在那裡，臉上長黑瘤的，和他的兄弟也在。

他們大概這兩天喊冤枉喊到啞了，現在都沒有出聲，一個個呆呆的沒有表情。

很奇怪地，從知道到要砍腦袋了，我倒沒多大驚駭。糊里糊塗進了牢裡，一路失魂落魄。可看到那些呆若木雞的人，我的精神突然回來了。

我是想看縣太爺的好戲，落得這個下場，罪有應得，倒也罷了。那幾個做買賣的兄弟，好好人家，怎麼布料被搶，還落得要人頭落地？

當時我還沒見識過父母官真要作起惡來是什麼德性，頭一次這種經歷，真嚇醒了。

同牢房那人，前一天晚上開口跟我說話，說他會看相，我不像短命的。他說得認真，可現在秋風瑟瑟，我跪在這裡，腦袋這就要掉了。

不過，想到一件事又覺得這怎麼可能。

那個瞎子的身手我見識過。縣城裡的官府有人攔得住？哪可能。

縣太爺自己是高人？我胡思亂想。

一夥衙役折騰了一陣，把兩膝被毀的那人也固定住一個位置，跪坐在我身旁。

嘈雜的人聲安靜下來。

安了張錦布桌子那兒，一個官太爺先是慢條斯理地踱了過去。

他沒多大個兒，白面無鬚，容色和藹。完全不是我想像中凶暴之相，也根本不可能是什麼深藏不露的高人。就是那麼一個縣令。地方父母官。
錦布桌子下首，放了兩張椅子。
縣令立在那兒，在迎什麼人。
我看見兩個人往他那兒走過去了。

頭一個，一身綠袍。戴著一個奇形怪狀的冠。
第二個，一身紅袍。禿著個腦袋。
看到禿頭紅袍人的剎那，我愣了。有些事好像明白了，又一團亂。
這個當兒，場子裡有人朗聲說了些什麼。我看他腰間佩了把劍，那是我的劍！顯然是昨晚來問話的二哥。
大約是江洋大盜罪孽多端，惡貫滿盈，刻下時辰已到，就地正法等等。
縣令那兒丟出了幾個牌子。
劊子手和一名衙役先站到了臉上長黑瘤的人那邊。
刀光一閃，腦袋掉下來，血就標了出來。
衙役搶前一步，拿了個碗接了鮮血。屍體倒下來的時候，他已經端著碗送去那兩人坐的地方了。

戴著怪冠的綠袍人接過碗，抿了一口。他原來有點蒼白的嘴脣，染了抹詭異的紅。他舔咂了一會兒，搖搖頭。

衙役回來。

嚓的一聲，第二個人的腦袋掉了。又是一碗鮮血送過去。

綠袍人嚐了會兒，搖搖頭。

嚓的一聲，第三個人的腦袋掉了。再一碗鮮血送過去。

綠袍人又嚐了會兒，還是輕輕地搖搖頭。

縣令的神情不自在起來，就好像請人吃飯，菜裡冒出蒼蠅的不好意思。他朝那個二哥揚揚頭，嘖了一聲，一副好酒好菜怎麼還不端上來的樣子。

幸好第四個人的滿意了。

綠袍人碗才到嘴邊，很快就咕嘟咕嘟地整碗喝下去了。

他身旁的女惡揚著尖細的嗓子笑了起來。

縣令也起身，換上了歡天喜地的笑臉，打躬作揖：「太好了，第三天了，終於有大英雄滿意的了。」

綠袍人放下了碗，眼睛亮亮的，嘰哩咕嚕地說了什麼。

縣令瞪著女惡。

女惡說了一句：「他說這一碗還是不夠甜。」

縣令也跟著揚起聲來：「英雄說話了，還不趕快。」

就在接下來那幾個人腦袋落地的當兒，我明白了。剛才似通非通的事都想明白了。綠袍人就是血惡。血惡嗜血，又非鮮血不可。江湖上傳說他開人膛腑，生飲人血的惡形惡狀，今天他是在細酌輕嚐。

這縣令哪可能逃得過瞎子之手。一定是血惡和女惡聯手救了他一命，所以他在回報。砍我們的頭來宴請血惡。

突然，什麼恐懼都沒了。只有一股怒火燒得我渾身發燙。

我覺得自己的臉漲得通紅，身體也有點微微顫抖。一個人模人樣的地方官，下賤到這種地步！

憤怒之外，甚覺慚愧。慚愧自己三腳貓把式，還敢出來混，還敢名之曰闖蕩江湖。三兩下子被人五花大綁，就要被一個骯髒的小芝麻縣令砍腦袋血祭。

如果再有機會，我一定要學得一身好本領！絕不如此為人所趁。

劊子手站到同牢那人身後。他剛才像是暈了過去，這時側臉看了我一眼。接著，他仆地倒下，血標了出去。

同牢的說我不是短命之人，還以事相託。只是目前看來除非天崩地裂，開個口子讓我滾進去。

旁邊有人唱了我的名：「江洋大盜平川……」

我大聲喊起來：「你這個狗官，我操你……」

一張破布塞進我嘴裡。

我用盡全身力氣掙扎著，狠狠地盯著那群狗東西。做鬼也要跟他們算帳。

劊子手在我身後。

刀鋒、秋風，分不清是什麼的涼意襲上了脖子。

十 初遇勿生

「噹！」一聲。周圍一陣驚呼。

我被一腳踹倒在地，頭栽在剛倒下那人的血泊邊上。有那麼一會兒，我以為這是腦袋落地後看到的四周。但接著意會到頭還在脖子上，劊子手的大刀落在眼前不遠處。

又聽到縣令的方向響起金鐵交鳴的一陣聲響。也有圍觀的人跑的跑、叫的叫的混亂聲音。

我感到後背一鬆。五花大綁的繩子開了。

在地上滾了一下，被綁得太久，一時站不起來。

然後，抬頭看見了他。

嘈雜的聲音一時都好像消失了。

我半撐著身子往上看，他背著天光，看不清楚。最記得的，是一襲灰衣，一條黑色皮腰帶，腰帶上掛著一隻小鳥形狀的裝飾、一塊銀牌、一個小號角。秋風微微揚起衣角，把他本來就高的個子顯得更高一些。

他橫劍在胸，左手輕彈著劍身，原來緊盯著前方，這時低頭瞄了我一眼。不知怎麼，我羞得趕快爬了起來。

圍觀的人群散了大半。場子裡的錦桌已經碎裂，兩名惡道和三名灰衣人對望著。縣令癱在椅子上，半邊腦袋不見了，衙役都四散老遠。

女惡尖著嗓子說道：「好大的膽子！敢鬧法場，連縣令都殺了！」

「怎麼賴起人了！」一名年歲輕的說道：「他是你的彎刀不長眼砍的啊！」

「看你們這模樣，是摩訶劍派吧？」女惡問。

「好說好說！」那人繼續笑嘻嘻的。「不像你們十八惡道這麼好認！」

「你是勿生？」

「哪需要他和你動手。」那人回。「勿貪在此。我來陪你們玩玩。」

「勿貪？」女惡問：「沒聽過。」

勿貪嗤了一聲：「今天這裡只有你們兩個，血惡前兩天又受了傷，有沒有七上八下啊？」

血惡似乎嘟囔了一句什麼。

「說什麼？」勿貪問。

女惡嘰嘰笑起來：「就憑你們。」

勿貪說：「是嗎？」說著劍光一閃，直削向血惡。

噹啷，女惡從旁擋出。我又看到他的兩把彎月小刀。同時另兩名灰衣人也衝前，立刻戰成一團。

綠袍血惡一直沒出手，看來是真受了傷，盡量在女惡的保護下騰挪。

摩訶劍派三個人的劍勢十分綿密，把兩名惡道圈在其中。女惡踩著他前前後後的舞步，雖然靈活，但是護著血惡，逐漸有些吃力。

勿貪三人的攻勢越發凌厲，女惡顯得有些左支右絀。接著，太多事情同時發生了。

女惡左右兩手的彎刀突然像是長了翅膀一樣，交互飛了起來。右手在握，左手的就像個小飛輪一樣飛出去。左手的飛回來，右手的又出去。摩訶劍派的三人一下子被搞亂。這時，一直沒有出手的血惡身影一動，抽出一把長棍樣的東西擋開一劍，劈頭就要砸中對手的腦門。

也就在這剎那，一人倏地閃入，兵刃交擊之聲大作，女惡和血惡都退開。這才看清血惡的棍上帶著尖刺，倒有點像狼牙棒。

摩訶劍派三人，除了勿貪，兩人神色狼狽。剛才還在我身邊的那個人，則站在他們之間，橫劍而立。

女惡尖聲笑了起來。「大護法終於亮相了噢！」

灰衣人淡淡地回了一句：「不敢當。」

我的心跳得更急了。他就是摩訶劍派的大護法勿生！

血惡嘰哩咕嚕地講了一句話。

看來血惡聽得懂，卻不太會說中土的話。女惡嗤嗤的笑了兩聲，幫他翻譯了：「他問你，當大護法的，怎麼只會躲在遠處偷看人家打架啊？」

勿生點了點頭：「有兩下子。不是聽說你被一個瞎子傷了？」

血惡嘰哩咕嚕又說了一句。女惡說道：「他說你不知道的事情還多著……」

他的話還沒說完，勿生已經一個箭步衝近血惡，一劍劈下。血惡伸出刺棍，噹然一聲擋開。女惡的彎刀也一左一右往勿生胸腹扣去。

勿生回劍，不救自己的空門，反而一劍往女惡頭上劈去。

我不知道他那一劍算什麼招式，倒想起我打蟑螂的時候。就是要比快，一擊而出。也像在說：試試看，是你先砍到我，還是我一劍劈了你。

女惡收刀回防，勿生側身閃過正撲過來的血惡。血惡的刺棍幾乎掠著勿生胸前擦過，勿生的劍順勢一滑，聽到一聲慘叫，血惡踉蹌退後，他的左手有幾根手指被切去，掉在地上。

勿生說話了：「你不是愛喝血嗎？怎麼不嚐嚐自己的？」

女惡護在血惡身前，還是沒什麼表情，只有兩扇大耳朵在一動一動。

血惡的臉上則有些扭曲。他慢慢抬起血淋淋的左掌，把那隻只剩拇指和食指的斷掌湊近嘴邊，吸吮起來。他在那個齊平的削斷面上來回舔咂，嘴唇和下巴沾染得都是血。

他吸吮著，臉上的神情有些舒緩，眼神也亮多了，接著在自己面門上慢慢塗抹，弄出個血紅的大花臉。

「好喝是吧，等一下我讓你喝個夠。」勿生往旁踱了一步，輕彈著劍鋒。我也第一次看清他的面貌。

從剛才勿生一出手，我就目不轉睛，全神貫注在他的每一個動作上。我感覺到心底被什麼震動，但又不知所以。

看到他的面貌，我好像明白什麼，但也不是。

他年紀應該有三十來歲。看著兩名惡道的神情，很專注，又好像透著輕鬆；有點不屑，又好像只是帶著一點微笑而已。

突然，一直面無表情的女惡，臉上透出一股喜色。

一個圓團團的東西從場外快速朝勿生滾了過去。勿貪叫一聲：「小心！」

勿生回身一劍，嗆然一聲被什麼卡住，幸好他反應快，一個大翻身換個方向收劍。但地上另一團白光襲向他的下盤，勿生間不容髮之間閃開，外袍下襬還是被嗤的一聲扯下了一塊。

現在才慢慢地立起身的這人，一身褐袍。即使站起全身，個子也不到勿生肩頭。端地是個圓滾滾的人。五短身材，腦袋、面門無一處不圓，連眼睛和嘴巴都圓滾滾的，和氣一團，兩手各拿了一把精光閃閃，耙子不像耙子，叉子不像叉子，不長不短的東西。

他什麼人也沒理會，一叉把地上血惡連著幾根指頭的一塊斷掌叉起。他端詳了一下，笑咪咪地說：「這麼好的料，別暴殄天物啊。」

「噢，這就是無物不食的食惡嗎？」勿生說。

食惡哈哈一笑，說道：「勿生大護法，做事不要太絕。怎麼非要和我們結下樑子不可呢？」

「沒什麼，只是我看到你們這些惡人就不順眼而已。」勿生淡淡地說道。

「哈哈，天下的惡人可多了。勿生大護法都要一一收拾，怕地老天荒也不能。」食惡倒是一口中原口音。

「所以只能遇上一個算一個了。」勿生說：「你們就算倒楣，遇上我吧。」

食惡又哈哈一笑：「好大的口氣。你打我們兩個也不過如此，何況血道還是受了傷。不要忘記，我們可是十八道。」他伸手一指。

聽來，他們自己口裡是把「惡」字都拿掉了。
「是嗎？我可是沒怕過人多。」勿生淡淡地說。
食惡嘻嘻一笑，「既然不怕人多，那就再加這一位呢？」他伸手一指。
勿生和大家都轉頭看的時候，食惡身前斗然冒出了一團黃霧。
勿生喝了一聲，和其他幾人急退。
黃霧擴大。等又過一會兒，黃霧消散之後，三名惡道已經不見。
勿生他們也都不見了。

一陣嘈雜聲傳來。想是官兵過來，免得又被抓起來，我自己也溜了。

十一 燕子錢東這麼說

記憶是很奇怪的。有些說來遙遠，沒理由記住的事，清晰如在眼前。有些不該忘記的，怎麼也想不起來。

我那天怎麼逃離了刑場，沒什麼印象了。可是那之前發生的一切，每個細節都在。尤其，一些小地方上。

同牢腦袋被砍下的那一刻很清楚。但我更記得他最後看我的眼神。混合了仇恨、付託，與一點挑逗。

倒在地上，眼前那些塵土也都記得。灰的、黃的、黑的，還有好幾片菜葉子。

血惡舔自己的血，露出來的舌頭很特別。尖尖細細的，會婪得像一條毒蛇。

更清楚的，是勿生站在那裡，衣角被風揚起，像天神降臨。

女惡左右兩刀砍向他，他不避不閃，回劍直劈對方腦門的氣勢，尤其讓我懵了。

這是多麼險的一招啊。他是名重武林的大人物，怎麼會好像自己爛命一條，毫不在乎？

這就是摩訶劍法嗎？還是他打過仗回來的心得？

我想起書生跟我說，練劍和真的動手是兩回事。勿生那一幕讓我對廝殺是怎麼回事，好像有些開竅。

你要不怕死，才能不死。

我早就打消了要去摩訶劍莊的心思，又活動起來，但又馬上熄滅。

去文曲門那次自討沒趣地離開，當時我起碼手上還有把劍，兜裡還有些錢。現在，劍沒了，一文不名，髒臭不堪，談什麼去摩訶劍莊。

原來離開家鄉的時候，雖然談不上是意氣風發，可是對於未來毫無所懼。相信一路行去，雲水自開。但目前可全不是這回事。

我狼狽逃了一條命，但也體會到什麼是窮途末路。

可牢友在上刑場前晚跟我說的話，也在我心上。

他說看我面相，命不至此，還拜託了我一件事情。

他是從北方來的，和一個結拜兄弟同闖江湖，以偷為業。夜裡專挑大戶人家下手，總是大有收穫。

一路順暢，但就在所獲甚豐，準備另找他處之際，卻失手了。

一夜，他們飲酒作樂，大醉不醒，捕役破門而入，五花大綁不說，還沒進衙門兩條腿就給廢了。

他慘然一笑：「他們怕我輕功好。」

我問他：「把兄弟呢？」

他的眼睛閃了一下。「我是被他出賣的。」

他們兩個在江南長期作案，官府追緝之風很緊。所以他就被賣了。他把兄弟一面可以脫身，一面可以獨吞財物。

他看看我：「我知道你在想什麼。」又說：「我會看相，怎麼會看錯人。」

他眼中的惡毒又一閃：「其實，我也留了一手。」

原來他也覺察到這個拜把兄弟不能盡信，因而有個祕密一直獨藏心中。

他們還在北方的時候，有次去一門富貴之家。除了得手一些珠寶之外，他還順手揣了張地圖。憑他多年的經驗與眼力，知道這是一幅藏寶圖。

黃巢之亂，壞了大唐天下，也毀了許多豪門。亂世之中，太多巨富之家不是被外賊就是內奸所害。江湖上不時會聽說，哪個豪富之家，其實不過是當年害了自己主子吞了財富。另外有些人家把財寶藏起來，就有了藏寶圖。

我這個牢友，直覺他這張圖非比尋常，但沒有解讀線索，直到來了南方，在一個偶然的機緣下，明白了那張藏寶圖是怎麼回事。

「嘿，嘿……」他有點猙獰地笑了兩聲：「什麼叫富可敵國？」

他本來一直在揣摩，等北方平靜些，看怎麼擺脫把兄弟，自己獨享藏寶。沒想到先著了對方道兒。

「這個狗官百般折磨我，問我私藏了什麼寶貝？」他側頭看看自己不成形狀的右手和兩腿：「我死活不說。」

火炬的影子在他臉上躍動著。

他的眼睛又閃閃地望向我：「可是我可以告訴你。」

他頓了一頓，又說：「但是得答應我個條件。」

我不知從何回答。明天就要掉腦袋的人了，還能答應別人的條件？

「我是出不去了。你要是能替我報仇，那筆沒法想像的寶藏就是你的了。」他自顧自地說，語氣輕飄飄的。

「你藏寶圖沒有被搜走？」我問了一句。

「圖可以成字，字也可以成圖。都在我腦袋裡，我告訴你就是。」他看我一臉狐疑的樣子，接著小聲說道：「你聽著：東七前二。水東山右。」

我一頭霧水：「這是什麼意思？」

「藏寶地點的祕訣。」

愣了好一會兒，我想起另一個問題：「你不怕我吞了你的東西，根本就不報仇？」

他嗤的笑了一聲。「你要先找到黃五才能知道祕訣是什麼意思。黃五就是我那個仇家。」

「黃五不是什麼也不知道？」我順著他的話問下去。

「所以啊，」他的眼睛又在閃動：「你得在他死前問出來，燕子錢東秋天最喜歡去哪裡賞楓？」

除了再告訴我黃五臉上有個刀疤的特徵之外，錢東那晚沒再多說什麼。重傷之下，他用盡僅有的精力，把後事跟我做了筆交易。

但這又哪說得上是交易。人海茫茫，我去哪裡找黃五？黃五不記得錢東愛去的地方呢？我又算哪根蔥殺得了黃五？

然後，我又想到勿生和那些惡道。

勿生的身手雖然高明，可是我看打一個惡道不成問題，兩個可以，可再多就成問題吧。可是對方有十八個人哩！摩訶劍派說是有九劍，可是那個勿貪就差勿生一截，另外兩個人更不用說。摩訶劍莊真的行嗎？

餓得發昏的時候，這些本來八竿子也輪不到我去想的問題，卻不時在我腦海翻動。

但真是白花腦筋。不要說摩訶劍莊，不要說寶藏圖，不要說是去找黃五，眼前就是寸步難行。

十二 流民

之前還沒遭遇這些事情的時候，我都已經覺得前途茫茫，經歷了這一場之後，真正體會到走投無路了。

在堂叔客棧裡跑堂的時候，別的沒有，從來沒餓著。出門以來，兜裡有點錢，省著用，也沒愁著。但是現在，不只劍沒了，身上一文不名，衣衫破爛，蓬頭垢面，根本就成了個乞丐。

我逃出一段路之後，餓了兩天，眼睛發直。走進一個村子，想討點東西吃，村子裡的人看見我沒一個搭理，就好像看到了一隻野狗似的。我發現自己連當要飯的，怎麼開口都不會，就走了。

也就在這個時候，遇上兩件事給了我很大刺激。

那天午後，我在路邊看到一隊人過來，前有一人騎馬開路，中有兩人肩輿，後面又有一干人等。

有人吆喝了一聲，人馬停下。肩輿落地，一個富團團的人踉蹌起身，旁人攙扶著到路邊，嘔嘔兩聲，吐了起來。一看就是去哪裡酒醉飯撐，大魚大肉吃多了。

他吐了好一會兒，正看著連扶他的人都有點掩鼻的模樣，卻發現就在他嘔吐的路邊草叢，慢慢冒出了一個瘦骨嶙峋的身影。瘦巴巴的人爬了幾步，俯頭就扒拉著吐在地上的那些東西，吃了起來。

還在吐的人，以及左右兩人都嚇了一跳。這下子不但原來那人噁心得更厲害了，連攙扶他的兩個人也受不了，跟著吐了起來。趴著的那人毫不在乎別人吐在他身上，仍然繼續扒拉地上的一攤攤東西往嘴裡塞。

跟在肩輿後面的一個人趕過去，一腳踹開地上的瘦鬼。這個當兒我才體會到人家說是瘦鬼瘦鬼，還真傳神。

一隊人走了。我也沒再忍心回頭看那人怎麼了。滿腦子想的，是人怎麼會餓成這樣？我雖然也已經餓得發昏，可怎麼也沒想到跟他一樣，去吃人家嘴裡吐出來的。是不是我餓得還不夠？再過兩天，我是不是也要落到這個地步？

想到這裡，把我嚇得有點清醒了。

沒多久，又有一幅景象。

我看路邊草叢一直在動，走近一點，裡面疊著兩個人。女的衣裙撩開，大腿被一個黝黑的男人屁股分得大大的。男人個頭不大，屁股卻抽動得又快又用力。

跑堂的時候，就知道城裡有些人專去鄉間找北方流浪下來的女人。城裡她們多半進不來，城外就多。只要一點點施捨，就能隨你擺布。我聽人直誇北方女人個頭大，奶子大。

我自己出門以後，也碰過這種女人來搭訕。有些骨架的確看來跟南方女人不一樣。可就算有些人的樣貌還行，收拾得也沒那麼髒，可老遠就聞到一種味。我真不知道怎麼會有人對這些女人有興趣。

眼下卻親眼目睹了。

以前在客棧裡不是沒偷看過妖精打架的好戲，可頭一次光天化日之下看一對男女就在眼前弄起來，滿臉發燙，腦子也昏昏的，要走又挪不動腳，就呆在那裡。

女的頭髮散亂，氣喘吁吁地不時叫嚷一聲，看來配合得挺快樂的。

黑黝的男子用力地頂了幾下，沒一會兒起身，看也沒看我，整了整衣，丟了幾個銅錢，就走了。女的懶洋洋地坐起，撩開頭髮，面容還挺不差。

她收起銅錢，叫了一聲，草叢裡鑽出一個小男孩。女的看到發呆的我，先是把孩子摟到懷裡，然後，我看她臉上竟然閃過一抹特別的神情。雖然一閃而過，我知道那是一種不屑。

我清醒過來。我一直還拿看流民的眼光看人家，卻不知道自己早成了連流民都瞧不起的人。

臉上火辣辣地像挨了記耳光。真想一步跨過去把她揪住，搧個嘴巴。

她毫不退縮地回望著。

我猛地洩了氣。

看著女的帶孩子施施然走遠。天也慢慢黑下來了。我還是在那裡發愣。

這算哪門子事呢？

所謂天地雖大，沒有容身之處，就是如此。

從小喪父，跟母親別的沒學到，只記得她常跟我說，人活著就是不能手心朝上。所以，跟人家乞討，我還真不會。

不討，當男人的，剩下的怎麼想都是偷、搶，或者上山當賊了。

可我不但沒當過賊，在路上浪蕩的時候，還幫人家打退過一幫毛賊。四、五個亮刀亮槍的傢伙，把七、八個行商圍了起來。行商有的打哆嗦，有的也掄出棍杖相持不下的時候，我路過，抽出劍，大著膽子吼一聲跳進去，毛賊落荒而逃。事後行商還給了我一些錢道謝。

我不是沒想過，既然連什麼都不是的幾個毛賊都能出來虛張聲勢，我又怎麼不能？可只要想到一件事，就一下子又萎了。

教我「三才劍法」的那個書生，不只一次告訴我：「天、地、人，三才，」他比劃著：「所以你要學好三才劍法，就得體會到頂天立地，上不愧天，下不愧地的氣魄。」

我還體會不到怎樣才算是頂天立地，可是知道一定不會是去當強盜。

黃昏中，我看不清任何前路。左也動不了，右也動不了，像是被人一釘釘在那裡。絲毫動彈不得。

好不容易心思能活動了，唯一想到的，反正路上總有吊死的人，多我一個不算多，乾脆找棵樹上吊算了。

就上吊吧。一了百了。我在心底說著，忽然覺得可以動彈了，就挪動了腳步。

可我不想在路邊吊死。

要上吊也得去山上找個地方。

在樹上可以看見故鄉的地方。

十三　簫聲如水

到了山腰，近滿的圓月當空。

那時光，江南雖然不像北方烽火連天，地方官橫徵暴斂的可也沒缺，所以鄉下人無路可走，也去山上。有人是存心上山當賊，有人在山上久了成賊，也有人等時候好了還是下山。

也因為這樣，還使得有人多了「摩雲將軍」的封號。有一位姓趙的將軍，抗禦外敵不行，沙場上作戰不行，可是在自己家要上山抓賊，打這些走投無路的人，就英勇無比，多高的山、雲裡的山都難不倒他。

我上的這座山，一路倒沒看到什麼人。反正這一身模樣，遇了賊也沒好怕的。林梢不時透著月光，也就摸索著越走越高。有一腳摔進山溝裡，差點沒爬出來。到了山腰一塊空地，再也走不動了。

往山下看，方向不辨，只見一片濃密林子。要再往高處走，又餓又累，夜裡山風又冷，打起哆嗦。

月光下，找了一棵樹。

但真解開褲腰帶要往樹枝套，才發現連上吊的力氣都不夠。

摔了兩跤都套不上，我躺在地上不動彈了。

連吊死都不行，就給野獸吃了吧。我心想，閉上眼。

這時聽到了什麼。

開始以為是風穿過林葉的聲音。

若有若無。

聽了一會兒，我認出了那不是風聲，是有人在吹簫。

簫聲本淒涼，那夜聽來卻正好。

幽幽的。逐漸像一潺細水流過身邊。天地蒼茫，只有我獨自滿腹委曲、窩囊，卻似得了一伴。

往事在心頭起伏。

和母親相伴的歲月。

跟著堂叔跑堂的日子。

教我識字學劍的書生。

他送我的劍。

那是我人生的啟蒙，也是我的寶物，可是我卻弄丟了……

溪水蜿蜒，我的淚水瀟然，兩相嗚咽。

好一會兒，擦了眼淚、鼻涕之後，心頭鬆了一些。

抬頭看看，一輪明月。算算日子，中秋還得一個月，可月亮已經很圓了。

風吹在身上，還是涼，卻不覺得像剛才那麼冷了。

我坐在那裡，又發了好一陣子的愣。簫聲時有時無地陪伴著我。也不知哪來的力氣，我起身就往山上更高的地方去了。

之前聽過人吹簫，也有好聽的，可從沒像那天夜裡。簫聲有一會沒一會兒。間歇不定，聽出是個重複的調子，可每次吹的不同。有時幽怨，有時輕快，有時兩者間參。

在山上走高一點，再往林子深處進去，聽得越來越清楚。我在林木間扒索著，好奇這是什麼人。

深山裡的樵夫？修練的老道？隱姓埋名的俠客？還是仙人？山精？

最後我爬上一個坡，再穿出林子，眼前豁然一亮，簫聲也剛好悠然而止。輕揚的尾音，裊裊繞繞地消失在月光下。

有個很晃眼的東西。是一方潭水。那夜月光如洗，水面像鏡子一樣。潭邊，有塊巨石，石上背坐著一人。

雖然有幾丈之遙，看得出身形很小，頭髮披散，像個孩子。

再往旁邊看，左方林子邊上，有個小屋，屋旁立著一個人。一動不動，高高大大，如果不是一雙熠亮的眼睛盯著我，和樹影無異。

我退一步，差點摔倒。

樹影般的人移動了。不再看我。

他朝著那孩子走過去，說道：「吹了大半夜了，回去睡吧。」

聽到他的聲音，是人沒錯。仙怪不會有這麼溫柔的語氣。

我咚咚往前跑了兩步。

「我……」

那人望來。

「我……我……」還是只能說出這一個字。

「你什麼？」不跟他孩子說話，語氣就不同了。比夜露還冷。

好不容易，我擠出了一句：「我不是流民。」

「你不是流民，我們還是哩。」他微微一哂。

「我是想來……想來打個商量。」

男人沒答腔。

那孩子也依然沒動。

我咬了咬牙，開口了：「想跟你們借點東西。」

「借錢？我們可沒有吧。」男人說著低頭摸摸孩子的長髮，聲音又柔軟起來。

「不用。我不借錢。」我鼓起勇氣：「借我點吃的東西，借我睡一宿。」

「吃的你也用借的？」他又看看我。

「我會記得一飯之恩，將來會還。」我聽過韓信的故事，就說了。

「還不了的話怎麼辦？」

「我，」我頓了一下，眼睛一下子有點熱：「下輩子還。」

男人呵呵笑了一聲：「下輩子你認不出我嘍～」

潭邊的孩子站了起來，深色的袍子穿在身上顯大，終於轉過身來。

我看到有枝大小和她身材比例不稱的洞簫。

我看到她的臉。

月光之下，我的遠近顯然出了問題。

明明就在我眼前沒多遠地方的人，卻忽然好像退到好遠好遠之外。她臉上的輪廓清晰一如刀雕，卻又好像一片模糊。

那張臉和她像個孩子的背影不同。

我陷入了一個錯覺的漩渦。但在那漩渦的狂亂之中，我看得到一個穩定的方向。

她的眼睛。

她的眼睛，溫柔地把我從漩渦中撈了起來，但又溫柔地把我拋落一個山巔。

那是多深的眼睛，她把你所有的一切都吸納進去。

那是多亮的眼睛，她把所有的一切都交付給你。

於是，你不知道，到底是眼睛穩定了你，還是眼睛錯亂了你。

過了兩百多年，我還記得第一次看到她的那一刻。

「看什麼看！」男人喝了一聲，把我拉回現實，也羞得我一身臊熱。

「爹，晚上的飯還有剩的。」

聽聲音，確定她是個長大了的姑娘，只是身材嬌小了些。

她起步，往小屋走去。

我可能還是沒有回過神來，繼續立在原地。

男人跨進屋子前，回頭丟了句話：「你是不想借了嗎？」

十四 但願重來

醒來的時候，好一陣子摸不清身在何處。

屋裡的光線不很清楚，我看牆角架子上有些碗盤，再看到身上的被子，直到身下的桌子，才回過神。

昨晚跟他們回來，吃了點東西，他們就讓我在外屋的桌子上睡一晚。

外面有些聲響，也聞到香味。

我走到木屋外，男人正在烤一隻野兔。地上還有一隻。

我訕訕地打了個招呼，男人嗯了一聲：「這一覺睡得不錯啊，天都快黑了。」

剛才正覺得早晨的天光有些怪異，原來這已經是傍晚了。

我又道謝之後，聽到身後有個聲音：「你要不去洗一下？髒兮兮的。」

她從林子裡出來，手裡捧著些採來的山果。

我的心怦怦跳起來，天色亮，和夜裡看又不一樣。我想慌忙閃躲，但那眼睛又把我定定地吸在那裡。

她被我看得臉兒有點紅了，頓了頓腳。

「怎麼這樣看人！」她父親喝了一聲，站了起來，一臉惱怒。我的臉有點火辣辣的，才不知如何應對，還好他的臉色又一鬆，嘆了一聲氣，只接了一句：「去洗洗吧，我借你一件衣服。」

我看看潭水。

「別在這兒，往底下走，有水。」她指了指方向。我覺得自己像個呆子，可是只要能聽到她一直跟我說話，再呆也好。

這樣我去找到了山泉。

泉水清涼。正好讓我抖擻精神，好好洗了個澡。用力把身上搓來搓去，把自己清洗乾淨。

等上上下下汙垢去盡，整個人清爽，再穿上跟人家借來的衣服，雖然有點大，真有了過年的氣氛。

我近乎輕飄飄地回到了木屋。

她正端了些東西要進屋，看我回來，在門口停了那麼一下。

那晚在我先前睡了一整天的飯桌上，大快朵頤。人家烤了兩隻野兔，我一個人吃了一隻還不夠。

我們也交換過彼此的姓名、籍貫。男人說自己姓江名嶽，是從南邊雁蕩山那邊來的。搬到這兒住下快一年功夫。

我說了自己的名字後，聽到噗哧一聲。

她的大眼睛裡都是笑意：「你名字筆劃真少，加起來都沒有我一個字多。」

「這倒是。」江嶽也笑了起來：「她的名字叫嬋兒。」

我問北方亂，南邊不都挺好的，怎麼要搬。

「北邊有北邊的亂，南邊有南邊的亂，就你們中間這裡還湊合吧。」江嶽說。「挑了這高山，清靜，住了一年多，除了見過一次採藥的人，就只有你來。」
江嶽拿起他請我喝的酒，乾了一杯。
「她看起來小，都十七了。」說著，他瞄了我一眼：「我上心的是：帶她去哪裡，看到她的人啊，」他停頓了一下：「都跟你一個模樣。」
想起昨晚他喝我那一聲，全身臊熱。還好他眼神裡也透著一點當父親的得意。
「你怎麼會跑上山呢？」江嶽問。
我身上又一熱。這要怎麼說呢？
就在囁嚅的當兒，嬋兒說了一句：「就別問他唄。各有各的傷心事。」
我正悶得發慌，聽到她說的，更一陣酸楚。
江嶽安慰了幾句。我也就說了說自己的事。可能是嬋兒聽到後來就沒再低下頭，我也就越講越多，把一路上的事都說了。
「你說的沒錯。要死，也是得有力氣死的。」江嶽聽了我上吊不成的那一段，嘆了口氣。「那你接下來要去哪裡呢？」
是啊，跟人家借住了一宿，接下來要怎麼辦呢？再下山，也是死路。我想。但嘴巴還是說：「下山再說吧。天無絕人之路。」

嬋兒突然噗哧笑了一聲。

「就差點絕了你的路啊。」她說。

我心裡五味雜陳，不知該怎麼回。

「來，你出來一下。」江嶽起身。「練一趟你的拳法給我看。」

十五
花花春日奇

我在山上和他們一起住了下來。

江嶽看我練了拳，說我可以留下來幫幫忙。後來，我知道他主要是因為去哪裡都得帶著嬋兒，不然不放心，所以有我陪，他去打獵或是下山辦什麼事，都方便些。

江嶽把外屋的桌子挪動下，再在角落搭張床，我就踏實地住了下來。

那段時間，是我記憶中從沒有過的日子。好日子。

江嶽雖然塊頭大，但心思很細。他說不管住哪裡、地方大小，都得當個家，要乾乾淨淨。我說我幹這種活兒很在行，以前店裡就是我收拾，所以每天早上起來我會練練拳，清理屋外。

嬋兒管屋裡。外頭那塊小菜圃，她起初不讓我碰，可後來她去摘什麼，也會叫我。

肉不夠吃的時候，江嶽就會去林子裡打獵。所以他也教我射箭，有時候叫我去打打看。那山上各種獸都有，兔子很容易就打得到。

我會射箭之後，很著迷可以越射越遠的感覺，所以不打獵的時候，也常跟他借著練。江嶽說我射箭挺有天分，教了我兩句口訣：「目不轉睛，動靜如一。」

他說有人學箭用瞪大了眼睛看東西的招，說是專心看會把東西越看越大。「光是瞪眼睛，你把眼珠子瞪出來了也沒用。」江嶽說：「重要的是目不轉睛。」動靜如一，就是不論是立定還是在奔跑中射，心都得定，沒有差別。

我問他怎麼讓自己心定。

「心定的法兒多啦！你得自己體會。」江嶽說：「最簡單的，就是不做虧心事。不做虧心事，心就會定。」他還接著說了一個我聽不明白的大道理。「所以說啊，孔老夫子說，射以觀德。」

吃過午飯後，嬋兒會在屋裡做些針線手藝。江嶽說他們穿的衣服都是嬋兒做的。這個功夫，他要我去劈些樹木、竹子回來當柴火，也說天就要涼了，準備另搭一個屋子給我住。所以快一個月我都在忙著堆那些木料。

那一個月都沒下雨。每天到了晚上，都是月明如晝。吃過晚飯，是我最喜歡的時間。有時候，江嶽會指點我一下拳腳。我問他可不可以拜師，他說我又不知道他有什麼功夫，拜什麼師。他說的也跟那位書生一樣，說只要基本功打好，比什麼都重要。

我也把那天看勿生使劍的情況跟江嶽說，問他那是否就是「臨機應變」。江嶽想了一下，說那應該叫「攻敵必救」才對。

嬋兒經常跟那天晚上一樣，坐在潭邊吹簫。那是我最盼望的時刻。她在月光下，怎麼看都是個仙子。後來我知道，本來她也不會吹到很晚。我上山那天，是她母親的忌日，所以她吹得久了些。

這樣的日子，讓我每天早上醒來都有點不敢相信會有這麼好的一天要開始。回想才不久前發生的事，滿心慶幸。差點被砍了腦袋，後頭卻能有這麼好的事情，我真是必有後福了。唯一遺憾的，是我那把劍。丟了那把劍找不回來，是唯一的遺憾。

快住滿一個月的時候，江嶽跟我說：「明天就要中秋了，我要進城去添點東西。」

嬋兒在一旁說：「爹，別忘了我少一塊布。」

江嶽哼了一聲。

他的哼聲有些奇怪。我看他，江嶽說了一句：「我是整天不在，你可要好好照顧嬋兒。」

我用力地點點頭：「放心。」

第二天天還沒亮，江嶽就下山了。

接下來的那一天我當然永遠忘不了。

早上起來後，我照常做自己的事。嬋兒也是。可是不知怎麼，那天山上特別安靜，連鳥兒啁啾聲也少。

我跟嬋兒熟了之後，本來會說這說那的，照理說只剩我們兩個應該多說些，但那天早上卻好一陣子沒話可講。越想找話，越找不到，成了啞巴。我心都怦怦跳起來。

前一天我們都準備好了這一天吃的，所以不用去打獵。

我出去練箭，才試了一射，聽身後嬋兒說：「去走走吧？」

我覺得奇怪：「去哪裡？」

「去林子裡。」嬋兒手上還挽了個簍子。

「去林子裡做什麼？」我摸不清她的意思。

「我知道一個很好玩的地方。」

這陣子江嶽去打獵的時候都是要我在家陪嬋兒。他告訴我，以前他要打獵或下山的時候，都把嬋兒藏在一個小山洞裡。沒聽他說帶她到林子裡。

「我進去過兩次。不騙你。」嬋兒看我在猶豫，說道。

就算是真的，住了一年多才兩次，顯然她爸爸沒那麼想讓她常進去。可是我回想江嶽交代過的話，又好像沒有特別不准。

「你帶我進林子，我帶你去那個地方。」她剛才本來一直帶著笑，說到這最後一句卻突然很冷靜，好像在談什麼大不了的買賣。眼睛顯得更大了。

「什麼地方？」

「去了你就知道。」

我還是拿不準：「碰上野獸怎麼辦？」

「你看我爸，都是打些野兔、獐子，從來沒聽他說遇上什麼猛獸啊。」嬋兒又問了我一句：「你有遇上嗎？」

我說沒有。

「那就是啊。」她笑著拍拍手。

這一個月和嬋兒雖然也已經會有說有笑，但我沒看過她這麼活潑的時候，一下子精神也來了。

嬋兒又加了一句：「不放心的話，帶你的箭啊。」

我瞄到她身旁那些我修整過的木頭。

「拿棍子好了。」我說，去撿了一根趁手的。「那就這一次噢。」

「就這一次。」她又拍了拍手。

像跌入一個夢境一樣，我跟著嬋兒走進了林子。

林間秋意甚濃。晨氳中陽光穿射，隨著霧氣游移，隱現不定。

她很開心，腳步越來越輕盈，哼起了什麼曲子。

我跟在後面，也逐漸比較放鬆，隨手拿棍子幫她撥撥草，也趕了兩條蛇。山裡蛇多，江嶽也煮過一次蛇湯。挺鮮美的。

嬋兒一路往高處去，不再哼曲，卻催了我一句：「快，不然怕來不及了。」

我問她什麼來不及，她還是那句去了就知道。還說帶了餅，等到了那個地方再吃。

我隨口應著。其實，只要能和她一起走著，和她說話、聽她唱歌，走到哪裡都願意，吃不吃東西更完全不在心上。

不過她說怕來不及，倒讓人好奇。什麼來不及呢？

走了大半個時辰，嬋兒停下腳步，總算到了。

這裡比我們那裡又高了許多，也更多老樹、大樹，有些參天古木，可也就如此。和我本來的預期差別挺大。

我有點失望。都是樹木，有什麼來得及來不及的。

「來。」嬋兒快步跑到前頭，聲音有點尖了。

我看過去。

先是沒有意會到那到底是一棵樹還是什麼。龐然巨物。走近一些，看出那是幾棵樹合圍，枝蔓相互糾纏，周長要十幾二十個人合抱。

嬋兒繞著樹走了幾步，朝我招招手，突然隱入樹中。

我吃一驚，過去看，原來枝蔓有些縫隙，撥開可以鑽進去。

巨樹如同巨人，我們如同置身巨人腹內。

高山上的樹林本就清幽，裡頭景象又自不同。

因為幾棵樹的底部合圍，隔斷了外界的光線，更顯得暗一些。往頭頂看，合圍高聳的巨木頂端，枝葉有合有散，透著點天光。

山林裡的秋意，到了這裡頭卻不同。涼爽中有一種溫意。

嬋兒在我前面十來步之處，身後是塊黑黝黝的石頭。

「這裡面好嗎？」

她一開口，聲音從四面傳來，像是從腦門灌入，又像是在腦中響起。隱然的回音，又沒那麼大。我覺得那聲音像是把我飄浮到空中。

「好啊！」

我才剛說，就被自己聲音大得嚇了一跳，又從空中落了地。趕快把聲音壓低再問她：

「可是你剛才說……」

我也在她對面，傍著一棵樹根坐下。

「噓……」嬋兒帶著隱隱笑意，以指示意。「快了。」說著她就地坐了下來。

嬋兒在幽暗中沒再出聲，有時上下看看，有時看著我，眼睛有種熠熠的亮光。我不知道她要我等的是什麼，就這樣永遠等下去最好。

慢慢地，嬋兒的模樣比較清楚了。

再來，頭髮亮起來，熠熠的眼光化為深邃的潭水，她臉上的微笑也清楚了。

我從沒看過那麼美的微笑。

混合著寧靜和興奮，愉悅與得意，邀請和等待。

她整個人沐浴在一道光裡。

太陽來到正午了。陽光從巨木頂端留出的通道直瀉而下，灑出了這個景象。

嬋兒起身。她身後原先我以為是石頭的地方，是一塊大樹根。

她沒再看我，自己在那道光束裡曼聲唱起一首歌。
是嬋兒常吹的那個曲子。聽她唱是頭一次。
曲子本就好聽，由她唱出來更不一樣。簫聲透著淒清居多，嬋兒的歌聲卻婉轉上下，清幽兼有。
在這樹腹之中，她或徘徊，或佇足，我的魂魄隨著她的歌聲四處飄移。

緩緩離合去
花花春日奇
香濃三分
莫非你來了

上上飛
上上飛

我跟著她的歌聲上上飛，繞著她的手勢，沿著樹根，上著枝葉，游移、飄升、飄升、飄升……

我升出了大樹。

看到片片山林。

看到廣袤的大地。

看到無限的雲海。

不知什麼時候，我才回過神來。

太陽已經偏斜，樹腹之內又暗了下來。

我的臉上有點濕濕涼涼，摸了一下才意識到那是淚水。

嬋兒又坐在幽暗中。她的眼角也有晶瑩的光芒。

「你看到了。」她的聲音遠遠近近地。有一剎那，她就在我耳邊。

我點點頭。

江嶽帶嬋兒上這座山的時候，最先來到這裡，嬋兒發現這個地方，差點住下來。後來找到那處潭水，更方便些。

「我都是趁我爹特別開心的時候央他帶我一趟。可是他來都沒有感受。」她的眼睛亮亮的：「我唱給他聽，可是他看不到我們看到的。」

聽她說「我們」，我心中一下塞得滿滿的。

樹腹之內，有一片樹葉落地的聲音。

十六　星空之下

我們就坐在那裡，聽著偶爾一片樹葉落下的聲音，吃了帶來的餅。

嬋兒沒再開口說話，我也是。

我心頭一直有什麼滿滿的，就怕一出聲會洩漏。

嬋兒站起來的時候，我也起身，鑽出樹腹，往山下走了。

我們默默地走下山。林子裡只有我們的腳步，還有我偶爾拿棍子撥弄草叢的聲音。

嬋兒停下腳步，去一棵樹底蹲下。早上來的路上，她看到什麼奇花異果，就會採進簍子。

她叫我。

過去看，有一叢花。都是紅色的。其中單一株卻是紫色，比其他花都高。看了一會兒，嬋兒說：「這花長得太好了，我不捨得摘。」

她起身。

我終於開口說了一句話：「剛才你唱的歌真好聽。」

她抬頭嫣然一笑。

「我爹不讓我唱。只讓我吹簫。」

「為什麼呢？」

嬋兒臉紅了一下：「不知道。是我媽還活著的時候聽她唱的。」

才要說什麼，看她臉色突然不一樣了。她在看我，又好像不在看我。

我剛要開口，嬋兒輕輕地搖了搖頭。很輕很輕地，幾乎像剛才樹腹裡落下的那片樹葉。

她清澈的眼睛好像縮進去很深，也很慢很慢地朝我右手的方向瞄了過去。

右手。

我脊梁刷地涼了，全身都起了雞皮疙瘩。

剛才她不是在看我，在看我身後。

我也慢慢地呼吸了一口。

我腦子還在想著要不要轉身去看看，身子卻突然用力轉過去，全副力氣都使在棍子上朝後頭揮了過去。

在差不得絲毫的瞬間，棍子結結實實砸上了一頭騰身躍來，利爪已經到我眼前的老虎頭上。棍子斷裂和老虎的悶吼同時響起。

老虎摔在地上，前腳的利爪還在空中，空門大開，我想也沒想，就撲進牠懷裡，手裡斷掉的棍尖，頂進了牠的喉嚨。我用盡全身力氣往裡頭捅進去。

老虎卡在喉頭的吼聲像悶雷般響在我耳邊。牠想把我掀翻，但我什麼都不管，就是絕不鬆手，用力地往裡頂。我要把自己整個人頂進牠喉嚨。

回過神來，我還在牠毛茸茸的懷裡。

老虎已經不動了。撐起身，看到斷掉的棍子從牠喉嚨進去，眼窩出來。牠的身上都是血，喉嚨的洞還汩汩流著血水。我的頭上、臉上，到處是熱糊糊的血，右手從那個血窟窿裡掏出來，黏搭搭地沾著血肉。

立起身，輕飄飄的。有那麼一會兒，林子好像在慢慢地移動。

嬋兒站在那裡，跑了過來。我一個踉蹌，又摔在地上。

後來我怎麼和嬋兒跌跌撞撞地下山，都記不清了。腦子一片空白。

老虎那差一點就搭上肩來的爪子、一口齜咧開的利牙，和身上、臉上冒起來的血腥味，像波浪般晃動著我。

我又感覺得到左手被一隻手握著，那手柔柔軟軟的，卻又緊緊地牽著，給我安定的力量，又讓我暈眩。

回到家的時候，天快暗了。江嶽還沒回來。

到了潭邊，嬋兒要我解開衣服。她沒害羞，我也沒。直到舀起水，從頭頂沖下來，沁涼的水才把我帶回現實。

「太好了，都沒受傷。都是老虎的血。」我光著膀子讓她看了一遍，她聲音又恢復平日的輕快：「那你自己洗吧。我去幫你找衣服。」

她起身，聽她叫了聲「爹」。

江嶽站在不遠處，背上、手上都有東西。他看著我們，臉色很陰沉。

「我們今天殺了隻老虎！」嬋兒跑過去。

江嶽放下東西，快步過來，幫我上上下下看了一遍。「你們去了林子裡？」他的聲音還是悶悶的。

「是我叫他去的。」嬋兒搶著回答：「下山的時候碰到一隻這麼大的老虎。」她雙手拉開，比了個好大的手勢。

接著她就嘰嘰喳喳地把經過講了一遍。怎麼去了樹洞，老虎怎麼掙扎，我怎麼死命抱著老虎脖子，老虎爪子怎麼差點撕到我後背又終於僵在那裡不動，她以為我死在老虎懷裡等等。

「真是胡鬧。遇上老虎可是好玩的？」江嶽的口氣也終於緩和下來。

他又看看我：「你能殺一條老虎，還真是有本事。」

清洗過，吃完晚飯，我總算魂魄都歸位了。可腦子裡又不時翻騰些問題：假如那個時候我沒有先揮棍子，而是先轉身去看會怎樣？假如是牠的爪子先抓上我的肩膀，而不是我先打到牠腦袋呢？假如老虎倒地，我沒有一撲而上，而是先跳開呢？假如……一個個「假如」在我腦子裡打轉。每個「假如」都讓我一身汗。隨便哪個「假如」發生，我都沒命了。嬋兒也是。

但是看看嬋兒，又想到那一路在牽著我的手，我心底又像是開出了那叢紅花紫花。我從沒握過女人的手，更從沒敢妄想過握嬋兒的手，而今天卻如此幸運。

那天夜裡，江嶽頭一次讓我們兩個人留在屋外說話。以前江嶽看我和嬋兒單獨在一起都會盯著，那晚他就讓我們兩個看星星，自己在屋裡。

在第一天看嬋兒吹簫的那塊巨石上，她坐一頭，我坐一頭。我們在看月亮。明天中秋，空中的明月，再沒有那麼大那麼圓的了。

我要嬋兒把白天的歌詞講了一遍給我聽。

「花花春日奇。」我想著自己心底的花，讚嘆一句：「我真喜歡這一句。」

嬋兒沒理我，小聲說：「今天真虧了你。」不再像剛才那麼興奮。

我想起件事，嘆了口氣：「今天如果我那把劍還在就好了。」

「不用劍啊。你的棍子比劍還好用啊。」

可是，我想，不行。以後我們可能不只碰上老虎，還會碰上壞人。他們可沒法用棍子打發。

「我得把劍找回來。」我說。

「傻子。」嬋兒說。

月光下的她，臉上似笑非笑。

「今天我爹把那塊布買回來了。我幫你做的衣服就快做好了。」

我聽得痴了。也看得痴了。

我們在那裡坐了很久。

你看過夢中的星空嗎？

或者，星空中的夢？

那大大小小的銀色光點，不是掛在我們頭頂，而是灑在我們四周。

星星，細小得我一伸手就可以撥亂一片。

星星，又大得讓我可以攀爬而上，坐上月鉤，低頭看她。

我們，就那麼坐在那裡。很久很久沒說一句話。

星星，不讓我們出聲。

不准動。

十七 取劍

我進了城。時近中午。

回來取劍。

這是那夜從星空回到現世之後做的決定。

人生前程，朦朦朧朧的心思都清楚了。就是要跟嬋兒一起。

活著有了最大的想頭，但也有了恐懼。

我何其幸運，能把老虎活活殺了，保護了嬋兒。但那是太多湊巧。人世的凶險，老虎還算小的，不能總靠運氣。

我也想起那些淪落的流民。比起他們，我也沒有好多少。想到這，心頭像是拉開一個口子，口子裡有個聲音：就憑你也想保護嬋兒？

如果手裡有一把劍的話，就不同。

再說，殺了老虎之後，我覺得整個人不一樣了。天下事，好像再沒什麼好怕的。所以，想回城裡一趟的心思，是老虎嚇出來的，也是牠給了我勇氣。

這樣，就在中秋的晚上，我趁他們入睡，半夜自己摸黑下山。

到了城外，天已經大亮。我遇上一家人歡天喜地迎親，省了盤算怎麼混進城去，夾在人堆裡就進去了。

照過去的經驗，衙門裡的人，總有人奉承，每天都請吃請喝，經常大白天就有人醉醺醺的。那天在牢裡聽他們說話，該是常去一家「大吃家」，那位二哥迷上了飯館裡的什麼人。

記得在我住的那家客棧隔壁，就有家飯館張著這個旗號。進城沒多久就找到。

「大吃家」對街的角落，已經蹲了七、八個叫花子。客棧、飯館外頭，常有人這麼等著。有時候店主大發慈心，會把剩菜拿出來施捨。我把頭臉弄得髒亂一些，也過去蹲著。

料得沒錯。

晌午的時候，一夥人來了。都是捕役衣著，喳喳呼呼的。路上的人能閃的都躲開。那個叫二哥的大塊頭，正帶頭走在前面。他腰上別的，劍鞘暗紅，正是我那一把。我心頭一陣亂跳，五味雜陳。

他們到了大吃家門口，有人出來殷勤招呼，只聽一陣客套和「恭喜」之聲。可等一下怎麼把劍搶回來呢？我本來想好的路，這時只覺都走不通。

蹲在那裡發愣的當兒，大吃家有個女人出來，吆喝著放了兩個碗在地上：「朱大爺慶壽，賞你們吃的。還不快來謝恩！」

要飯的一哄而去，朱大爺朱大爺的叫嚷著。

我雖然肚子也餓了，可也不想去搶那些剩菜殘羹。一個人蹲在那裡也不是個辦法，就起身走走，等他們快吃好了的時候再回來。

朝捕役來的方向沒走多久，就看到衙門。

門口立著「肅靜」、「迴避」兩大塊牌子。再走近些，門口守著一個人，剛吃好飯的樣子，在剔牙。他朝我看了一眼，剛瞪起眼要吆喝什麼，卻露出一個奇怪的表情又沒出聲。

這城裡路上人也不少，剛才迎面過來幾個人，也有那表情。這次我順著那衙役的表情回頭望了一眼。

身後七、八步，悄悄地站著一夥人，正是剛才去大吃家的那幾個。叫二哥的站在頭裡。他們一路沒出聲，看到我發現了，幾個人快速散開，封住我去路。路上看熱鬧的人也都擠過來。

一名衙役說：「二哥，你的眼力真好。真是這小子。」

二哥說：「現在差多了。沒叫老闆娘出去試那一下我還不敢確定。」他笑咪咪地踱向前：「你真好大的膽子，怎麼敢回來？」

我腦子有些轟轟的：「把我的劍還我。」

二哥愣了一下，看看自己腰間的劍，哈哈笑了：「你為了這個回來啊。」回頭朝身後一人說：「朱大爺，這裡也有個愛劍的人呢。」

朱大爺三十來歲，長得人模人樣，一身綢緞，今天過生日，臉上更帶著喜氣。這時我注意到，他這個壽星今天腰間也佩著一把劍。

我悶得有點難受：「我的東西，還我。」

二哥哦了一聲，沒理我，回身走過去跟朱大爺附耳交談了一陣又回來。

「這樣吧。」他說：「你這個江洋大盜，上次有人劫法場，逃過一命。這次回來，理當馬上把你拿下。可是呢，」他再轉頭看看：「幸好今天朱大爺慶壽。他平日就愛劍，也是使劍的名家。剛才我跟他商量過，你陪他走幾招，能贏了他，就把劍還你。如何？」

這不必想就可以回答：「當然好。那在哪裡？」

二哥說：「咱們都到了衙門門口，就到裡面去，在院子裡。」他看我的表情，又加了一句：「只要你贏了，我開大門送你出來。」

「說話算話？」

「我王風說過的話，這城裡哪個人不知道鐵板釘釘？」他說到後面那句特別揚高了聲音，還張望了四下。「大家幫我作個證吧。」

他那些兄弟帶頭響應了聲：「好。」

四周一陣喧譁起鬨。

我的膽氣大增，也說：「好。」
王風說了句：「請。」
然後我就走進了衙門。

十八 過招

我那天晚上怎麼進衙門的，完全沒有印象。後來要上刑場的時候，也糊里糊塗。現在走進來往裡看，跟以前家鄉的衙門沒什麼兩樣，院子比較大一點。

身後門關起來。王風跟那幾個捕快、衙役之外，朱大爺有三五個朋友也一起進來了。朱大爺看著我的眼神，多了種興奮。其他人都被擋在外頭，可聽得見嘈雜的人聲。

王風說：「小李，給他一把劍。」接著說：「朱大爺，您先寬寬衣。等一會兒就跟他輕鬆走幾招玩玩。您慶壽，一直找不到適合的禮物，安排這個節目，希望您當意。」

「這好這好。以武會友！以武會友！」朱大爺一面脫外袍，一面說：「這比送什麼禮都好。」

等他整理好，內院出來了一個人，端了把劍給我。

我拔出劍來，握起來沒那麼趁手，劍也沉得多，揮動一下也還可使。

四周一陣金鐵之聲，院子裡除了王風之外，所有的人也都把自己的兵器亮了出來。朱大爺一手持劍，一手捏著劍訣，特別聚精會神。

「沒什麼，觀戰。」王風說。他退了幾步，揮揮手，其他人也都撤出了一個空間。

從剛才看到我的劍掛在王風腰上的那一刻，有一件心事突然明白了。

我以為是為了保護嬋兒回來取劍。重新看到劍，才知道對那把劍放不下才是真的。

不只因為這是我人生的啟蒙。

對那位不肯當我師父，但事實上恩重如山的人，我也沒法交代。

這把劍不能就這樣不明不白地消失。

現在想著要把劍贏回來，我只覺初出家門的興奮和勇氣都回來了。

朱大爺看著我，謹慎地說了聲「請」，探了一劍。

我側身避過，也輕送一劍。朱大爺才要接招，我劍鋒轉向，斜削他左胸，他再回手要擋，我已收手而退。

看我這第一招，王風已經「咦」了一聲：「三才劍法？」

我知道行走江湖的人用這種腔調說一聲「三才劍法」的意思。像是湯麵，吃是能吃，用是能用，總有點俗，不登大雅之堂。

我才不管他們。為了讓手裡這把劍使得趁手，我先拉開圈子，不和朱大爺近身相搏，一貼即退。跟平常練劍的時候一樣，默誦起我的詩。

東海有勇婦
何慚蘇子卿
學劍越處子
超然若流星

朱大爺以為我怕了他，高喝一聲，快劍向前。我見招拆招，左右挪移，心底繼續默誦那首詩。逐漸，劍使順了，我的攻勢就多起來。相反地，朱大爺開始有些手忙腳亂。

捐軀報夫仇

萬死不顧生

就在再過了兩回合，他一個踉蹌的時候，有人跳進來架了一劍，把朱大爺護在身後。

「哈哈哈哈，這下子有什麼好說的呢？」是干風。

「怎麼了？」我摸不著頭緒。

「你輸給了朱大爺，有什麼好說的呢？」王風說。

我愣了一會兒，氣血上湧，先說不出話來，再接著人叫起來：「你們要不要臉啊！誰輸給誰啊！」

王風仰頭哈哈一笑：「誰輸給誰都一樣。反正你是出不了這個門。」

「不是說打贏了他，就開大門送我出去的嗎？」我急著又補了一句：「你說話不算話，不怕被天下人笑話嗎？」

王風仰頭哈哈一笑：「我說，開大門送你出去。沒說是送你直著還是橫著出去。」

我臉脹得發燒。「放，放你媽的屁！」我那時還不會罵髒話，半天只迸出這麼一句。

「我媽的屁都給你放。」王風慢條斯理地說。

那一夥兒人敞聲笑了起來。朱大爺和他的朋友也都是。

王風抽出了劍，我的劍。

我的心頭一緊，眼角也突然沒來由地抽搐起來。我要和自己最寶貴的劍一戰，心情翻騰不說，有些手足無措。

王風一點也不像他的大塊頭看來那麼笨重，倏然而至。

我急退。他的劍跟進。我還是不知道該怎麼回自己的劍，他再進，嗤然在我袖子上劃開一個口子。

「好啊！」一夥圍觀的人轟然叫好。

我臉更紅，往旁躍開。王風緊追不捨，又是一劍，我章法大亂。他劍鋒一轉，差點刺中我大腿。

「好啊！」一夥圍觀的人又轟然叫好。

我覺得額頭上滿是汗水。因為狼狽不堪，也因為驚恐。

剛才自己覺得行雲流水似的走劍感覺，全然消失。我提醒自己：要拿回自己的劍，可不能死在自己的劍下。但是耳邊嗡嗡然的響聲讓我沉不下氣來。

「三招之內，要你斷一條胳臂。」王風有點笑嘻嘻的。

「兩招！」「一招！」此起彼落的聲音。

王風一劍又來。這次我閃開。他的劍如影隨形地跟來。

我想再閃的時候，突然想起勿生那一劍。他眼看女惡兩把彎刀就要砍上自己，卻一劍劈向他腦門。

你要不怕死，才能不死。

眼看劍往我的左胸刺來，我揮手一劍就劈向他的脖子。

王風咦了一聲，急急回劍擋開。

噹然一聲。

好像是我那把劍在誇讚了我一聲。也好像告訴我：要拿回它，就得先贏了它。

我穩住了腳步，深吸口氣，不等他再來，我先出劍。

早聽人家說，要會打架，先得會看人家的拳頭怎麼打過來的。要比武，先得會看清劍是怎麼一路一路來的。之前跟人家比劃的時候，都強作明白人，覺得這難不倒我。

在這個生死關頭沉著下來之後，卻真正體會出心得了。

王風躍開出劍。之前我先看到的是劍刃光芒，現在卻突然先看出他劍的來路。不知怎麼，王風的劍的速度，在我眼前似乎慢下來那麼一眨眼的功夫。而這多少來的一眨眼功夫，足夠我多想一下如何反擊。

我就這樣和他連拆了五、六招。

周圍的人先是鼓噪起來。「過了三招啦！」「二哥你難看啦！」

再接著，聲音比較小了。

我可不管他們。只覺能夠把對方劍招的來去盯在自己眼下，越來越清楚，一劍劍回擊又能越來越自在，有種通體逐漸舒暢的感覺。

王風的額頭有汗水了，我幾乎看得清一顆一顆的，還有那突起的青筋。

「噹！」王風好不容易擋開我一劍，腳下卻一個踉蹌，差點摔倒。那個姿勢有點引人發笑。果然聽到人群裡有些動靜。

「他媽的！笑什麼笑！」王風大喝一聲。我瞄了旁邊一眼，其實沒看到什麼笑的人。

「還不快給我上！」他又大吼了一句。

這下子猛地就有三、四個人圍了上來。

嘩啦啦的，鍊子鎖、長槍、長刀的，什麼都有。

不知是這些兵器的光芒刺眼還是什麼，我的眼角又急劇地抽搐起來，一下一下的。

我大喝一聲，先劈向那個使刀的，沒等招勢使老，轉身一劍，把使長槍的手裡的槍柄喀嚓一聲砍斷。可鍊子鎖可沒閒著，呼嘯一聲長鍊帶著一個鎖頭掃過來，我剛剛仰身躲過，使刀的又一刀砍過來了。

我再一劍格開。旁邊另有一把不知什麼時候打哪兒出來的鉤子伸了過來。我仍然可以每一招都看得挺清楚的。但，人家幾個人同時招呼，我真是忙不過來。現在，這把鉤子好像就剛好等在那裡，看來是躲不過去了。等我奮力一擊，把鉤子擋開，可這時候補進來的一劍，卻是再怎麼樣也要把我從胸膛劈開了。

我看到那一劍是王風出的。連他臉上猙獰的表情都看得挺清楚的。

嬋兒。

我想起了她。

那個星空也浮現在眼前。

我以為找到的歸宿、夢想，就這樣永別了。

十九 都是你

呼嘯一聲，什麼東西帶著一團巨大的黑影橫掃而來。哐啷啷的，加上一陣慘叫，四周的人、物，一捲而空。

我還沒定過神，一個人把我攬腰一拉，說了聲「起！」兩人就上了屋簷。

這時我才回過意，剛才有人抱了根大樹，把圍攻我的人掃了個落花流水。

「你？」我興奮地叫了一聲。

是江嶽！

「別說話！」

江嶽帶著我飛也似的一路奔走在屋頂房簷之上。我沒再吭氣。

念頭在我腦子裡翻騰可沒停過：我知道江嶽身上有本事，可沒想到有這麼大的能耐。

這是什麼人物？江嶽下山來了，那嬋兒呢？

這麼多問號閃過的速度，似乎都沒有江嶽飛奔來得快。他的名字沉重得很，輕功卻是一等一。連我日後見過的人物都算在內，他還是一等一的快。

我們這樣三下兩下，躍出了城牆，再往山野間奔走而去。

江嶽的腳程極快。

我被他帶著，開始的時候覺得拉著我的力量極大，後來只覺一種溫溫暖暖的氣流從手上傳來，整個人都飄飄然，真是所謂的騰雲駕霧。

如此一路飛奔，花了大半個早上的來時路，半個時辰不到，就已經來到山腳下。

上山的路上，江嶽也是一路竄高竄低，走得飛快。

我跟在後面，不敢落後。偶爾停下歇口氣，都是因為我。

一些難走的地方，江嶽騰身拉我上了樹梢，再一踮腳，就帶著我又上了另一個。幾個起落，省了好多時間。

太陽斜照，我們在半山腰。

黃昏時分出了林子，潭水、房子在望。

我心情激動。以為再也回不來的地方，再也見不到的人，又要見到了。

我再也不想什麼劍了。

我的命該用來保護她，不是去取劍。

反正能試的也都試過，沒什麼遺憾了。

最重要的是守著她，天荒地老。

江嶽呵呵笑了一聲，沿著潭邊快步往一處和房子對望的山壁走去，很溫柔又很大聲地嚷了一下：「嬋兒，我們回來了。」一面又加了一句。「快出來喲！」

山壁峭立，看不出有什麼山洞。

江嶽先是等了一下，邁開大步，繞向山壁一側。

「快出來喲！」他再加了一句。

我的心撲通撲通地跳了起來。

沒有人出來。

江嶽再叫了一聲：「嬋兒，我們回來了！」突然不再出聲。

我過去看，壁上有一道長長的罅隙。江嶽俯身往裡望去。

我屏住了氣。

還沒來得及湊過去看，江嶽轉身又往家裡跑，又大叫起來：「嬋兒！我們回來了！」

我也跟著他跑。

衝進家門的時候，只看到江嶽的背影。

不見嬋兒。

家裡沒有任何翻動打亂之處。

江嶽回身，眼神掃過我，又好像完全沒有看到我。

他走出屋外，一踮腳，憑空而起，呼咻一聲像隻大鳥一樣，上到一棵樹上，再一下，就消失了。

我的腦袋一片空白。滿頭滿身的汗，熱呼呼的。

我在林子邊上也喊了一會兒，再回到那個洞口。

山壁上這道罅隙有寬有窄，最寬的地方也只夠嬋兒那種嬌小身材鑽進去。

低矮的洞口顯得很陰沉。湊過去，就著暗下來的天色，還是可以看出裡頭空空的。

沒有。什麼也沒有。

我有點暈眩。

嬋兒，你到底在哪裡？你到底去了哪裡？

我在那裡蹲了不知多久，剛起來一轉身，大叫一聲跳開。

一個人站在我身後。

我不該嚇成那樣。因為其實那是我認識的人。江嶽。

但又不能不叫，因為，那根本不是我所認識的江嶽。

他靜靜地站著那裡。

我在那之前，及以後，都沒看過那種臉色的人。

不是死灰，死灰裡透著一種藍。

藍色裡，又透著一種土黃。

眼神也怪。鋒利無比，卻又呆滯不動，還閃動著一種紅紅的光。

我全身的汗水都冰涼了。頭皮麻到緊繃。

江嶽看著我，又好像看著很遠的地方。好一會兒，才說了一句話：「她不見了。」

現在看得清楚，他眼睛的紅光，原來是眼白裡滿是血色。

「她不見了。」江嶽又說了一句。然後一把撥開我，到了洞口又望了一會兒。

我答不了腔。什麼也做不了。

我慢慢走回潭邊。嬋兒喜歡坐的那塊巨石，我們一起看星星的巨石，顯得有些扭曲。

突然一聲雷響的「都是你！」一個東西飛過我身邊，落到了潭裡，激起偌大的聲音和水花。

他折斷了一棵樹扔出來。

我閃過一旁，江嶽倏然而至，又大吼一聲「都是你！」一腳把一塊石頭踢飛，疾掠過耳旁。

我勉強躲過紛紛飛過身邊的大大小小的石頭。

他一聲聲「都是你！」吼得越來越大，整個山谷好像四面八方都轟隆隆的。

潭裡也撲通撲通之聲不斷。

「都是你！」江嶽再喝一聲，一大步跨前，一把緊緊地抓住我，把我拎了起來。右手一揮，像面刀鋒似的往我脖子上砍了過來。

我哭了起來，哭出了聲音。

不是因為害怕，是被那一句句「都是你！」翻騰的，也是被一種絕望衝擊得四分五裂。

江嶽左手一揮，我整個人飛出，撲通墜落潭水之中。他用力一擊，嬋兒愛坐的巨石也被震裂。

我掙扎著從潭裡游上岸。

江嶽慢慢走了過來。

怒火有了發洩，他的臉色沒剛才那麼難看了。

我淚水濕了眼前，一句話也說不出。

江嶽在我前方停住腳步，低頭望向我，聲音有點接近我認識的那個江嶽了。

「除了想她媽媽，我沒看過嬋兒掉眼淚。今天早上她知道你走了，我看她哭了。」他停了一下：「她說你一定是去找你的劍，是去送死了。要我一定得把你救回來。」

我的淚水也更控制不了了。

我從沒在人前哭過。那天，在那個潭邊，是頭一次。

我猛地跳了起來。「她會不會躲到其他地方？」

「不可能。」江嶽說道：「能剛好容下她藏身的山洞，這裡沒第二個了。」

「我再來找！」我說。

江嶽沒再理我，在沉下來的夜色中走進樹林。

我也衝進了林子，去了神木那邊一趟。雖然知道她不可能一個人跑來，還是去走了一趟。沒有人。

回來，沒看到江嶽。

那晚，是一個多月來，頭一次下雨。

第二天，雨繼續下。

我在雨中又去了神木那邊。就算知道嬋兒不會在那裡，我還是去。何況，我也真不知道再要去哪裡找。

回來，江嶽坐在門口，一動沒動。

第三天，雨還下。

江嶽還是整天坐在那裡，像個木人。

到第四天，雨停了，晴朗無雲。

又好像一片灰濛。

江嶽終於起身，進了內屋。過了一會兒，他帶了弓箭，拎了個包裹出來，也扔了個東西給我。

是一件已經成形的短衣。

「她給你做的。」

那個星空底下她說的話湧上心頭。我突然像是聽到喧譁的雨聲。

江嶽說：「你好好保重吧。」

我站起來，一直坐著，差點摔了一跤：「我陪你去。」

江嶽嗤的笑了一聲，走了兩步，騰身上了樹梢，不見了。

林木突然像是一排排倒下來朝我壓過來。

我大叫起來。

「嬋兒！」

我緊緊地抱著她做的衣服，大叫。

「嬋兒！」

我慢慢地蹲低了。沒有任何其他姿勢可站。

我只想把自己蹲到這個地底之下。

我只想趕快把自己一直沒有發出來的號叫，號叫到地底之下。

我跪倒。匍匐在那裡。全身貼在地面，一動不動。

二十 祭劍

我也要下山了。

下山前，再去了神木那邊。一直坐到月亮升起。

在高聳入天的神木底下，我祈禱。祈請上天能保護嬋兒，讓我找到她，有一天再一起回到這裡。

我禱告的聲音很小。聽著四周隱隱的回音，好像得到上天的回應，慌亂的心終於比較安定下來。

月光從樹頂灑下來的時候，和正午的光景不同。月光不若陽光之亮，明暗對照卻更清透，虯盤的樹根像是立著的一尊尊雕像。嬋兒的身影和清歌，在雕像之間似有似無。

我趁心情波動起來之前，離開了。

一路下山，摸路快要回到屋子，走出林子的時候，前方有些動靜。先是以為又遇上什麼猛獸，屏息聽了一會兒，有人在說話。

「二哥，總算找到地點了，我們還是先回去吧。」一人悄聲說道。

就著林間隱約的月光，看到三個人。其中一個，沒錯，是王風。

王風沒吭氣。

背著我的另一人說：「等天亮了，大隊軍馬上山，那老頭本領再大……」

王風打斷他的話：「就怕動靜大，他們又跑了。」他頓了一下：「老的跑了無所謂。小的不行。」

如果不是嬋兒的事，聽他們這麼說，我可能會嚇到。看來他們不只給我扣了罪名，江嶽也成了一夥，官府已經派軍馬來剿匪了。只是現在，我沒什麼感覺，好像在聽別人的事。

也有了個盤算。

我在地上摸了一塊石頭，猛地跳起，朝背著我那人後腦砸去。

我可以聽到石頭把頭蓋骨砸裂，那人悶哼一聲就萎倒。

王風和另一人跳開。看出是我，兩人都啊了一聲。唰的各自抽出了兵器。

我從地上摸起了倒下那人的兵器，是一把鉤子，快閃出林外。王風兩人也快步追來。

林外，掛在天上的月亮大得像個盤子。月色把四周照成了一個銀色世界，一覽無遺。

王風手裡拿的還是我的劍，另一人使刀，中午也照過面。

我說：「給我送劍來了？」

王風咬牙切齒地說：「拿你的劍來卸你幾塊，解氣。」

看他說著話還往屋子那邊瞄了一眼，我的眼角一陣抽動。想起那天下午也有那麼兩次。

忽然想到，嬋兒會不會就是那個時候出的事？那是不是她呼喚我的訊息？

她到底出了什麼事？

看著這些捕快，我腦子閃過一個紅袍人影，不由得打了個寒顫。「不可能！」我大叫了一聲。

兩人有點不約而同地回了一聲：「什麼不可能？」

我指了指他們身後，揚聲說道：「你不可能現在才來呀！」

聽我一說，兩人同時轉頭望向身後。

就在出聲的同時，我朝使刀的一竄而去。他還沒回過神來：「噗」的一鉤刺入了他的左腹。再往旁一拉，剖開了他的肚子，嘩啦的腸子拉出來的聲音都聽得見。

他的慘叫聲，幾乎是和他的倒地聲一起傳來。他要回身擋我的那一刀，也一起落地。

「你這個雜種！」王風大吼一聲撲來。

我輕躍避開。

「還我兄弟的命來！」王風又大叫一聲刺來。

白天那個高不可攀，耀武揚威的大捕頭，忽然看來像個只知頂牛的孩子。

我一閃。

不知怎麼，我覺得跟下午和他交手又不一樣了。下午，我就可以把王風出劍的每一個動作都看得清楚，現在，不知是月光照得清楚還是怎麼，看得更輕鬆。不只閃過沒問題，還可以逐漸把手裡的鉤子揮舞得更順暢些。

王風真是急了，每一劍都想把我用力刺死，每一劍都落空，越空就越急。我不時還他一鉤，盤算看準了空門把他放倒。

終於，他一劍揮來落空，我一矮身，一鉤鉤住他的左膝彎，喀嚓一聲拉開。那鉤子真利，就那麼眨眼的功夫，俐落地把他小腿連筋帶骨地分了家。

王風倒在地上慘號，一面撐著身子蹬著腿要往林子那邊過去。他還是朝我揮他手裡的劍，可是我當然毫不在乎。我看了手裡的鉤子一會兒，體會到武器這個東西，真不在於是什麼，而在於會不會使。

王風快挪到林邊的時候，我繞到他左邊，他用力朝我一劍揮來，我就跳開，一鉤再把他右腳齊踝砍斷。

王風慘叫，朝我把劍用力扔了過來。我閃過，撿起了落在地上的劍。月光下劍刃略有一些缺口，不知是否下午碰磕出來的。

我的劍，終於又回到了我手上。握著劍柄，我踏踏實實。

現在王風呻吟著靠坐在一棵樹下，大口大口喘著氣。

我走過去。

站到他面前，用劍尖碰上了他的下巴。刺進去一些，往上劃開，拉開他的下脣，攪崩他幾顆牙齒，探進了他的嘴巴。

「你要卸我幾塊呀？」我輕聲地問他。

他無法嘶喊，只能發出唔唔的聲音，眼睛瞪得大大的。

我把劍慢慢送進去，可以感受到劍刃一寸寸碎裂開他的上顎，再喉嚨的筋肉。

「咳，咳……」王風的臉扭曲著，大口大口的鮮血從嘴巴裡迸濺出來。

「你要卸我幾塊呀？」我再問他一次。

他掙扎著。

我感覺到劍尖頂到了什麼，就扭了個方向一點點用力按進去，斬斷了他的頸椎。

王風瞪得暴出的眼不再動了，血不停地從嘴巴湧而出。

我感覺到劍已經釘進了樹身，就一拔。

血噴了我一身。

王風頹然倒地。

月光更白，林影越深。傍著屍首，我低頭看劍，這劍在我手上終於嚐了人血。月光下，我抹去了劍上的血肉骨屑，只覺好像迴盪著一種霧氣。

濃稠的鮮血在臉上，吸一口，血腥味就鑽進鼻子，再蔓延到五內。

如果這時有人看到我，他會怎麼形容我呢？
就是一個魔，就是一個鬼吧。我想。
可是又怎樣呢？我有種意氣飛揚之感。
但，我又想起了嬋兒。

突然，所有的飛揚都瞬間消失，我大吼了一聲：
「嬋兒！你到底在哪？」
林間最深的黑暗，吞沒了我。
那是嬋兒可能被野獸撲上的黑暗。
那是嬋兒可能被女惡碰上的黑暗。
那是我確知失去了嬋兒的黑暗。
我剛才的飛揚、得意，都消失了。
一種恐懼，又另外混雜了些什麼的感受，瞬間讓我滅頂。
那叫絕望。
我相信那一定也是嬋兒此刻，不論她在哪裡的感受。

我大叫著，跪倒在那裡。

後來，那天破曉之前的黑暗中，我從崩潰中又站起來。

我忘不了嬋兒和我採野菜的樣子，更忘不了我們一起在星空下的呢喃。

我不能不懷有希望，希望有一天能找到她，把她再帶回那個樹洞，我們就永遠在那裡。

另外，殺了那三個人，也有意外的報酬。

王風和那個使刀的死得一身血汙，也沾了我一身。我用石頭砸死的那人衣服最乾淨。我去剝他衣服來換，沒想到他兜裡揣了不少銀兩。再去翻另兩個人身上，更多，尤其王風身上。這一湊，竟然有好多銀子，是一筆我從沒敢想像的財富。

我絲毫沒有猶豫地收下了。這些當官的黑，不拿白不拿。

然後我拿了東西，趕在大軍上山前，繞路下去了。

二一 鮮衣怒馬

下山後，我先去市集打點了衣著。

嬋兒留下的棉布短衣，差個左袖，卻端的是我有生以來第一件新衣。

在堂叔家，穿的都是他們家人留下來的舊衣服。有些破損，就找人縫縫補補。

我頭一次穿上新衣，覺得有一種特別的香氣，相信那是嬋兒留的。

我找到衣商，先要他們幫我把缺的左臂那一塊補上，再幫我把全身上下都另外置裝。

衣商問我要什麼裝扮，我想就花點錢吧。

所以外頭的圓領袖袍挑了夢想已久的艾綠色緞料。也佩了皮腰帶，裝點些飾品。過去我都是用布包平頭襆頭，現在換了羅紗雙腳襆頭。鞋子以前穿麻鞋，現在換了烏皮靴。

我也去把劍上碰磕的地方磨利。

接著我就急著一路去打聽嬋兒的消息。

不論到市集、村落、驛站，我都先比劃嬋兒的模樣，問他們有沒有看過她。佛要金裝，人要衣裝，現在我的打扮體面，去哪裡問人，都沒有人不理不睬了。

只是我一直沒問到頭緒。沒有人看過。

又有一天，我在一個市集上聽到一陣琵琶聲，找去一看，竟然是我曾經見過的那個臉上有小麻子的女人。

我一陣欣喜，過去跟她說話。

嬋兒那麼會唱歌，如果是被人拐走的話，問這些走江湖賣唱的人可能有頭緒。

「跟你打聽一下，你來的路上有沒有看見什麼人帶著一個小姑娘？」我比了比嬋兒的身高。

她彈著琵琶看我，眼睛亮了一下，沒出聲。

我想到應該是我裝扮大不一樣，就提醒了她一下。

「哦，是你啊，都沒認出來。」她還是淺淺地笑。這次我注意到她跟上次一樣，是一身青衣。年齡和我相仿，可能還大點。

「沒有。」她跟我說。她的笑容消失，臉色又暗了下來，在秋風中有些蕭瑟。

我本來還想再問她些什麼，但是想到她也是一個人行走賣藝，不免也有傷心事，就離開了。

一面四處打聽嬋兒，一面我也思索接下來的前途。

前一陣子還覺得窮途末路，現在因為懷裡多出一筆我都不知道怎麼花用的財富，忽然多了許多出路。

金陵的摩訶劍莊，原來遙不可及。現在突然覺得可以去了。

衣著裝扮上，我有把握不會被人嘲笑看不起了。

何況，我又找回了自己的劍，並且我對怎麼使劍也有了和過去完全不同的心得。我不再只是拿自己的資質說話，我是當真用劍殺過人，也體會到怎麼殺人了。

並且這其中是因為受了勿生很大的啟發。

我可以去找勿生，告訴他這些經過，請摩訶劍莊收留我。

只是我這個念頭才起，聽到傳說，摩訶劍莊出事了。

說勿生殺了人，被逐出師門了。

殺了什麼人的說法也五花八門。

有人說他殺了朝廷大官，還有人說他姦殺了一個女人。

我雖然和他只有一面之緣，可不相信。

但不管怎麼說，勿生不在摩訶劍莊了，我去的興趣也沒了。

路上，我還買了一匹馬。

騎馬，從沒敢想過。

上了馬，地高了，天近了。看得到那麼多人的頭頂，也就明白了過去看一些人策馬過市，為什麼不可一世的模樣。

馬跑起來，感覺更令人著迷。

賣馬人周到，除了解說，還在紙上畫了騎馬的各種姿勢和要訣。

我不需要那些。從上馬，到踏馬碎步，再逐漸放手而走，我從沒摔下來，前後花了不過一兩盞茶功夫。賣馬人說他生平未見。

騎了幾天馬，真明白如何奔馳之後，才知道什麼是遨遊的享受。遠處丘陵，放馬而去。不多久佇足山頂，環顧四周，這就大有天下雖大，無處不可馳騁的豪氣。

之前，偶爾有機會看到鄱陽湖，為水天一色讚嘆不已。有了坐騎之後，有一天在江邊策馬而行，突然發現馬行與滔滔前湧的江水，有著同一方向與節奏，又另有天地合一、無處不見生機之感。

後來我學到一句話是「鮮衣怒馬」。看在別人眼裡，我就是那個樣子吧。

只是，我對嬋兒的思念也更多了。如果她能和我並騎而走，該有多好。

她到底發生了什麼事？到底要怎麼找她？

我最好的設想，就是嬋兒還活著，但是被什麼人拐走了。這樣我就可以到處打聽她的消息，看看有沒有什麼找到她的機會。

我就揣著這些心事，朝著金陵的方向行去。

這天，來到一座驛舍。

二二 且聽一曲菩薩蠻

這是個不小的驛舍。

官府的驛舍好幾廳之外，民營的客舍也很有規模。住的、吃的、喝的，其他供應商旅需求的店面，也排了一條街。

這天來往的人不多，兩家客棧的小廝都跑來招攬生意，要幫我停馬。我下馬的那家店前，有人在表演什麼雜耍，還有些圍觀的人。

進了客棧，樓下鬧哄哄的，有人在爭吵。

堂倌招呼著我，不好意思地說：「在搶人啦。」

我一聽就明白，客人搶走唱的。

兩個販子在大聲嚷嚷誰先看到，該先去誰的房裡唱，吵得凶。這種事以前在我們店裡也常有，吵一吵也就過去了。

我再看那女人，愣了一下。

她抱了一把琵琶，坐在桌旁，雖然還是一身青，但是和上次看見的不同。她梳著椎髻，月白色上衣，羽藍色裙子，肩上再披一件和裙子同色的青紗。腳上的蒲履，也透著同樣的青色。

我這才意識到，這個已經見過兩次的女人，長得雖然沒有嬋兒那種懾人的美麗，但是十分順眼。

她大概也看到我了，朝著我的方向微微一笑，接著看看兩個人，出聲說話：「不然，我出一個謎語，誰答得出來，先給誰彈，這樣好嗎？」

旁觀的人都說好。

她看看大家。走江湖賣藝的，很多都會塗脂抹粉，她很素淨。

「我能扛，可是走不動。我的頭，就是尾。我能直，我能彎。猜猜我是誰。」她輕輕盈盈地說。

大家安靜沒多久，一個人說：「知道了！就是蛆蟲嘛！能彎能直，又是頭又是尾的。」另一人搶著說：「胡說！蛆蟲能扛什麼重！我說是翹翹板！」先前那人又說：「翹翹板怎麼能又直又彎的！你才胡說！」

就在爭論聲中，我跟堂倌在上樓，揚聲回道：「我是一座橋。」

這下子大家都安靜下來，抬頭看我，她也是。

我在大家的仰望下，有些不好意思又有些得意，就跟堂倌說：「點她來我房間吧！」我跟堂倌說。

「她可是只賣唱的噢。」堂倌在身後悄聲送了一句。

我說知道。

我要了間上房。臨街，可以看風景。

才安頓好，看天色偏晚，點了吃的，堂倌就把那個女人送進來了。

見了三次，這次倒是真正第一次仔細打量她。

她個子挺高，比我差不了多少。臉型削瘦，顴骨略現，鼻子很挺，顯得嘴脣很小；眼睛沒有嬋兒那麼大、那麼媚，可是很有神。細看起來，人有點冷，幸好幾點小麻子，把她的臉襯托得柔和些。

以前常幫客人點叫唱曲的姑娘，自己這是破天荒頭一次。堂倌雖然說了是光唱曲的，心頭還是有些異樣，趕快找些話來說：「你看，我們還真有緣，竟然在這裡又見了。」

「大少爺好。」青衣女落落大方地說了一聲，微微欠了欠身。

「快別這麼叫。」我覺得不好意思。不知怎麼，和她有種不熟又很熟的感覺。「我姓平，叫平川。你叫什麼名字啊？」

「小青。」她說。

「總愛穿青衣嗎？」我問。

小青點了點頭。她一笑，眼睛就瞇瞇的，跟不笑的時候完全兩個樣。「那我就坐窗口了？」

「隨你。」我說：「聽口音，是楚國人嗎？」跑堂練出一個本領，就是大江南北什麼口音都聽得出來。這樣跟客人容易搭上話，也容易拿點賞錢。

小青又點點頭，眼睛又瞇了一下。「好耳力啊。去過嗎？」

「沒有。」我說：「你怎麼會來到我們這裡了呢？」

小青沒回我的話，倒是問我：「你上次找的小姑娘有消息了嗎？」

我有點不好意思，這原來應該是我問的問題，反而人家先問了。

「沒有。」

小青哦了一聲：「小姑娘多大？」

我大致說了一下。

「怎麼不見了？」小青說：「那是被拐走了嗎？」

我點了點頭。

她接著問我：「小姑娘是大少爺的什麼人啊？」

這下我語塞了。我這一路，看到人就打聽，還沒有人反問這個問題。勉強支吾了一下，擠出一句：「是我親戚。」

「親戚啊。」小青想了想，又笑了一下。

我看說了一會兒話還沒倒上茶，就給兩個人都倒了一杯。倒茶都是唱曲的要先做的事，看來小青出道還不久。

小青沒起來，只欠了欠身。

「你走唱多久了？」

「這一趟有五個多月了。」她說。

「這一趟？那是常出來嘍？」我問。

小青又沒回我的話，只說：「大少爺要我彈什麼曲呢？」

「還是聽你唱吧。你要唱什麼呢？」

小青搖了搖頭：「我都不唱，只彈。」

「呃？」輪到我覺得奇怪了。「你的琴彈得那麼好？」

她笑起來。「不好聽他們就不搶了吧。」接著說：「剛才幸好你答對了謎語，不然啊，那個胖子……」

「怎麼呢？」我問她。

小青噗哧笑了一聲：「不然啊，怕胡說八道的人沒有好報應。」

我想起剛才嚷嚷著說猜到是蛆蟲的那個人，真是胡說八道，笑了起來。

「那我彈一曲〈菩薩蠻〉給你聽吧。」

我說好。〈菩薩蠻〉是當時流行的曲目之一，傳說原來就來自南方異國，聽她彈應該很有意思。何況又可以讓我勾起一些家鄉的回憶。

小青沒再說話，微彎著眼睛，琤琤琮琮地彈了起來。

窗外風徐，我聽著她柔柔繞繞的琴韻，望向街道，很快被一處吸引住。剛抵達的時候，有人就在圍著看那裡雜耍的。

有個人，頭上頂了一個瓦罐樣的東西，身前腳下，攤了一塊布，布上有些零錢撒在那裡。

他一身襤褸，膚色黝黑，年紀有三、四十歲，濃眉大眼，說起話來七情上面。聽了會兒，原來他玩的是頭上頂著的那個瓦罐。你押了錢打瓦罐，罐子落地碎了他輸，不然就你輸。

吃的來了。我端起了飯碗，問小青要不要吃一點。她搖搖頭。我就扒著飯繼續看。

「別吃到身上了。」她說了一句。

我胡亂點點頭。

「那我來一把。」一個大漢嗓門宏亮地說道，伸手亮出一根棍子。

「先下注啊。」那人不改嘻皮笑臉。

大漢站前，嘩啦啦扔了一些銅錢到他面前的布上。「押你五個。」

「好哩。」那人叫了一聲，一下子站得筆直。

呼一聲，大漢一棍揮出。

這棍出得很快，瓦罐人忽地身形一矮。

大漢的棍子落空。瓦罐人前後劈腿的姿勢坐到了地上，罐子好端端地立在他頭頂。

「呵呵，你輸啦。」他笑呵呵的。

「喝！」我聽到有人在喝采。也有很多人好像看多了，沒什麼反應。

大漢有點下不了台：「我就不信，再來一把！」

「嘿，還是要先下注啊。」那人從地上站了起來。

「去！」大漢撒了把銅錢出來。

這次他沒有馬上出手，看了一會兒，才用力揮出一棒。

這一棒揮的位置偏下，那人如果再想用劈腿那一招，頭頂的瓦罐難保。

這時看他輕巧把頭一頂，瓦罐騰起，再一蹲，棍子掃過他頭頂之後，瓦罐又剛好落回他頭頂。

大家叫好，我嘴裡含著東西也忍不住叫了一聲：「好！」

「我的琵琶這麼不好聽嗎？給別人叫好。」

小青在對面開口了。我看她，沒有了笑容，眼神冷得逼人。

「不看了。聽你彈。」我心一跳，放下吃完的碗筷。

幸好接著她的眼又眯了一下。我也跟著放鬆下來。她說：「好看你就看吧。我給你配琵琶好了。」

她的琵琶突然一陣急奏。

底下，那個大漢不信邪，又連著賭了幾把，沒一次打中。

瓦罐，簡直像是長在那人頭頂。叫它黏著不動就不動，叫它騰空就騰空。那人或蹲或跳，瓦罐或者連身或者離身，總是打不中。

大漢真的是輸急了，大聲嚷嚷著在罵人了。

可就在這個當兒，突然呼嘯一聲，啪的一聲，瓦罐人頭頂的罐子破了。

哈哈哈哈的笑聲中，幾個人策馬碎步而過。

二三 等一下來找我

他們騎的馬都很高大，比我的馬快高了一個頭，衣冠都極其華麗。領頭一騎，蓄了長鬍。看來是官府人，要去驛舍。

剛才一閃而過的鞭影，收在後側臉上笑聲方歇的一人手裡。

馬行沒停，他們逕自要過去了。

一個人影猛地攔到馬前。來得太快，長鬍人一勒韁，馬兒嘶鳴了一聲。

小青的琵琶突然轉了單弦輕輕地撥著。

「大膽賤民！」長髯人身後幾騎紛紛喝道。

長髯人伸手比了一下，後面幾人沒再出聲。

我數了一下，總共六人。

攔在馬前的，是瓦罐人。

長髯人開口，聲音低沉：「何事攔馬？」

剛才擠著看瓦罐人表演的人，都散開了。大漢也不知道何去。

路上其他人也都躲到遠處張望。

瓦罐人聲音還是帶著一種揶揄：「要你還錢。」

「你那個瓦罐？」擊破瓦罐的人揚了揚手中長鞭問道，他鞍邊一枝長槍。「是找死？」

長髯人沒讓他繼續說下去：「給他錢吧。」

使長鞭的人沒好氣地掏出幾個銅錢，一把扔到地上。「拿去。」

瓦罐人嘻了一聲：「這是幹什麼？」

使長鞭的人有點不耐煩：「給你買罐子啊！」

「這個罐子跟了我多少年，都有靈性了。換別的罐子沒用。」瓦罐人搖搖頭。「這點錢哪夠？」

「那你要多少？」使鞭的人拉高了嗓門問道。

瓦罐人伸手，比了個五。

「五十個銅錢？」

瓦罐人咧著嘴巴，搖搖頭。

「五兩銀子？」那人再問。

瓦罐人咧著嘴巴，搖搖頭。

長鬍人伸手止住後面幾人要起鬨：「那你說個數吧。」

「五千兩銀子。」瓦罐人咧著嘴巴。

長鬍人哈哈笑了一聲，捋了捋鬍：「憑什麼？」

瓦罐人指了指頭頂。

我跟著抬頭看。

天色已經暗下的夜空中，一大塊黑黝黝的東西落了下來。

那是一張網。眼看就把六人六馬給罩住了。

佩著長槍的人猛地撐起，想要挑起大網。其他人厲聲叱喝，鞭馬向前。擋在前方的瓦罐人一矮身，手中精光一閃，長髯人的坐騎慘嘶跪地。後面的馬匹驚立而起，一陣怒吼和馬嘶交錯聲中，那張網落下。

幾乎在這同時，一群人影飛撲而上，槍刀齊揮，沒給網下人任何反應時間，血光此噴彼迸，淒厲嘶叫聲中難分人馬。

連續砰砰幾聲中，幾個人震飛。地上血肉狼藉，網下幾人在蠕動，只有一個人單身穿出網外站著。

是那個長髯人。他華麗的衣服左半身血汙一片。

剛才他脫網而出，雖然受了重傷仍然震飛偷襲的兩人，有一人是剛才耍棍子的大漢。大漢大口大口吐著鮮血。

瓦罐人和一夥七、八個人掄著兵器分站四周。幾個人面目不清，看得出有一個禿子。還有一些旁觀的人也不知道從哪裡冒了出來。

所有的事情都發生在剎那之間。

現在天色更暗了。

只是，再暗我也看得出，現在的瓦罐人，已經和剛才是截然不同的一個人。他手裡有兩把鋼刺。

我駭然望向小青。

她微微搖頭，朝底下努努嘴，像是叫我別出聲繼續看。她放下手裡的琵琶，幫我倒了杯茶，我一口喝下。

瓦罐人開口了：「等你們等了整整六天了。」他說得很慢，跟剛才順口溜似的說話，判若兩人：「還記得我們嗎？韓思武？」

剛才那個七情上面、活蹦亂跳的人，聲音冰冷。

長髯人以刀倚身，左半身的血汙在擴大：「什麼人，報上名來。」

「要叫你韓大將軍？還是韓大老爺？」瓦罐人的眉毛好不容易挑動了一下：「當年西湖邊十八口的事情這麼容易就忘了？」

韓思武想了想，哦了一聲。

慢慢地，韓思武笑了起來。長髯還一動一動的。「原來是那一夥。」

「是啊。要你還的是那五千兩銀子。」瓦罐人說。

韓思武又笑了一下：「那容易。五千兩再加　千兩都可以。」

「那是還給小山子的。我要的可不是。」

有一些火把點了起來。

旁觀的人群裡有人緩步走了出來，陰影削面，語氣溫和。

韓思武冷哼了一聲：「你又是誰？」

「不才在下就是這幾家小店的老闆。」那人頓了一下：「西湖邊那十八口是我大哥一家。小山子是我大哥身邊的。」

韓思武突然放聲高叫：「驛長！去哪了！」叫完一陣咳嗽，吐了口血。

店老闆說：「不用叫，沒用。驛長跟他手下，都已經被我灌醉了。」他看看四周：「今天客人也少，這都是我的人。」

火光閃動下，店老闆拉出一把齊頭齊尾的長方形刀子，朝韓思武走去。他旁邊的人也一起。

就在這時候，突然一陣撲通撲通的聲音傳來，店老闆身後的一群拿著火把的人紛紛軟趴趴地倒下，二、三十個人一個接著一個倒下。倒下來的人手裡的火把，就地燒起來。

一男一女，腳步輕靈地跨過倒在地上的人，往前走來。店老闆厲聲喝道：「哪來的？」他退一步，和小山子七、八個人守到一起。

韓思武不知是否鬆了口氣，再也撐不住，摔倒在地。

火把在地上的人堆、衣服堆裡燒起來，滋滋地出聲，火焰很快地蔓延、騰高。

火光中，男人的皮膚白得出奇，長相也奇異，隆鼻深眼，並且眼睛裡閃動著說不出的光芒。

女人則是一身紅紗，形貌妖嬈，站在男人背後，貼得很近，手裡挽著一個花籃似的東西。

我的手被什麼碰到，嚇了一跳。

看過去，是小青伸手握了我一下。她拎著琵琶，眼睛亮亮的，輕輕說了一句：「等一下來找我。」

話才完，她就推窗而下，輕盈地跳落街上。

我聽那紅紗女開口說道：「小青，我們到處找你，你怎麼先到了也不說一聲？」

小青沒回話，只朝那男人行了萬福，就向韓思武走去。

二四 全滅的驛舍

「什麼人？」店老闆厲聲喝道。

他身旁三、四個人往那一男一女的方向衝過去，紅衣女從花籃裡抓了把什麼揮揮手，全都癱軟倒地不起。男人伸手捏了捏她臉頰，她笑盈盈地靠了男人肩膀一下。

我聽著、看著，有什麼事情逐漸浮上心頭。像是石頭丟到水裡，過了一會兒漣漪才慢慢散開。

剛才小青握了一下我的手。

「等一下來找我。」

這到底是什麼意思？

這個見了三次的女人，怎麼一次一個樣？

她怎麼會輕功？

她和那一男一女是什麼關係？

她說這句話的聲音又為什麼如此翻動著我？

一個個疑問波動著。

我抄起劍就衝下樓。樓下黑乎乎的，有幾個人躲在門邊窗邊向外張望，外頭的火光很亮。

來到街上，一地的屍首燒得焰飛煙騰。

小青蹲在韓思武身邊，餵他吃了個什麼東西。男女也在一旁。男人在對著韓思武說話，紅衣女則看著只剩店老闆和小山子兩個人的另一邊。

空中飄著刺鼻的惡臭。

「你們這些婊子養的！」淒聲喊來的是小山子。他和店老闆一左一右殺了過來。

男女和小青一讓，原來癱倒在地的韓思武忽地一躍而起。店老闆和小山子吃了一驚，剎足。

「去，去，吃了小青的藥，試試看，」男人跟韓思武說，說話的語氣，像是在哄一個小孩子似的柔軟。

他的話音才落，韓思武突然像隻花豹似的躍起半空中，拉出一聲難以形容的尖叫，手中長刀往小山子劈頭砍下。小山子的鋼刺還沒來得及架擋，喀嚓一聲，長刀已經把他大半個腦袋連右邊胳臂一起砍下。

小山子的脖子和右半身嗤嗤的噴出鮮血，還挺在那兒。

店老闆怒吼著劈刀向前，韓思武不閃不躲，雙手持刀向上用力一揮，吭一聲把那把齊頭齊尾的方刀震飛在空中，再回手一劈，刀砍斷了店老闆的頸骨，從脖子旁邊砍進胸腔，血噴得韓思武一頭一臉。

空中的方刀這才落地，哐啷啷一聲。

小山子也這才倒地。

韓思武一腳踹上店老闆胸口，用力把刀拔出，把屍首踢翻在地。接著，他的身子一軟，半癱在地上。

屍體被火燒得味道和煙氣更濃了。躲在店裡的人奪門而出，有的跑遠，也有一兩個膽大的閃在一邊看，跟我一樣。

男人也捏了捏小青的臉頰，像是嘉許。

「救命之恩，沒齒難忘。」韓思武說話的氣力還足。

「你要怎麼謝呢？」男人笑咪咪的。

「東門韓府財寶，悉歸君有。」韓思武說。

男人笑了一聲：「你那點東西，哪值得我花這麼大精神。」

韓思武仰望著男人：「那……」

男人說：「你們從江北帶給鎮國公的禮物給我吧。」

韓思武一陣咳嗽，又吐出些血：「這……」

男人伸出手：「快啊，我聽說了，那個錦盒就在你們幾個身上。告訴我在誰身上，免得還要花時間去找。」他看看漁網下死的那堆人。

「在我身上。」韓思武倒也爽快。

男人輕快地笑了。紅衣女也笑了。「不虧我幫你。拿來吧。」他伸手。

韓思武猶豫著，伸手到懷裡掏了一會兒，拿出一個錦布包著的盒子。

男人已經拿到手裡，連布帶盒很快打開。紅衣女和小青也湊過去一起看。

遠處有些驛舍的守兵、驛夫，跌跌撞撞地持槍拿刀，嚷嚷著過來。大概這才醒酒了。

男人拎了個東西，就著火光端詳，等一會兒開口，聲音和剛才不同，冰冷冷的：「怎麼會只有一些藥丸而已？」

韓思武喘息著。小青伸手，他慘叫了起來，號叫道：「我不知道！」

小青又伸手，他號叫聲尖細到成了嘻嘻聲。等一會才斷續說道：「我們好幾路人，各帶一樣。我帶的就是這個……這是煉丹最好用的藥！」

「為了一些煉丹丸，可不值得我救你。」男人說。「留你做什麼呢？」他一伸手，韓思武的頭驀然縮小，很像大顆蒜頭突然只剩下幾瓣大小。

驛舍方向馬鳴嘶騰，有人衝過來的樣子。

男人起身，挽起紅衣女的手，施施然走來。

他們朝我這邊連看也沒看一眼就過去了。

男人只說了一句話：「小青，全給我滅了。我們去下一站等你。」

幾個和我一起在偷看的人連滾帶爬跑出去，沒多遠就都倒下。

火燒得更大了。

日後，我將會知道：那個男人的名字叫陶夜。可以死活人，也可以起死人於彈指之間的靈月教主。他閃動著我講不出來的光芒的眼睛，是因為他的眼瞳是綠色的。

而陶夜身邊有四個衣色不同的女人，各有不同的本領。是他的女弟子，也是他的禁臠。

二五 嬷嬷說的話

我站在一個山丘上。

頭上，明月當空。山下，驛舍連街的火光熊熊。

剛才小青手抱琵琶，解決奔馬而來的驛長和那些驛卒、驛夫，和紅衣女一樣俐落。忽隱忽現之間，四下放火。

受驚的馬從馬廄裡狂奔而出，有一匹還是我的。

我站在屋簷下原地發愣。一動也沒動，直到火都快燒到頭頂了，小青不知從哪裡又出現。

她看了我一眼，逕自疾步而去。

剛才那男人要她把人全都滅了，她卻顯然沒有要殺我的意思。

「等一下要來找我。」

想起她剛才握了我一下手，亮亮的眼睛，我的身體終於可以動了，跟在她身後追去。

才離開原地，一根著火的木條砰然落地。我站在底下的那棟房子倒了大半。

就這樣，我跟著她一路來到這個山丘。

又是滿月之夜。銀盤皎潔，和一個月前跟嬋兒看星空的那晚幾無差別，只是涼了許多。山下熾紅的火光，又讓心底陣陣臊熱。

小青舉手投足，沒有絲毫停頓之間，人馬落地，和十八淵道的心狠手辣，不分上下。

看那男人捏她臉頰的親暱樣子，不是他的婢，就是妾。這樣一個女人，為什麼如此對我？

半路上我不是沒想開溜算了，但是畢竟好奇這是怎麼回事，還是跟來。

我轉頭去看小青剛才的方向。她已經站上更高的一塊坡地。

我跟著上去。

這塊地方正好在林前，還算平坦。天上的月亮、山下的火光，同時收入眼底。

小青把琵琶放在一旁。她看我上來，就到附近轉了一圈回來，從懷裡掏出一小塊布，抖了一下卻成了一大方青布鋪到地上，隱隱泛著一層光。

她背對著我，看著山下，輕輕地說著：「這次我出門前，嬤嬤告訴我，我會在一個市集裡遇上一個帶劍的男人，他會答中我的謎語，幫我倒一杯茶，跟我打聽一個人。」她停了一下，聲音幽幽遠遠的：「嬤嬤說：他打聽的是他的心上人。」又頓了一下，「可是，他就是我在等的人。」

我整個人發愣。不太明白我聽到的到底是什麼。

小青彎身，整理地上那塊布的邊角。

「這是嬤嬤幫我特別織的布，好收又好洗。她說我常出門，去哪裡都可以鋪。」她輕輕地說，把最後一個角落鋪好：「在哪裡都可以像家裡。」

「我們只有一頓飯的功夫。」小青站了起來，還是背對著我，說道：「我已經布了陣。人、蟲都靠近不了。」

只有一頓飯功夫？要做什麼事情？我繼續在發愣。

她扶了扶椎髻，散落一肩長髮。

我的心跳快了起來。

接著，我看到一幅言語文字無從形容的景象。

沒看她怎麼動，但她的衣裙都滑下了身體，全身上下只剩下一襲青紗。

月光下，她脫離了衣裙的胴體出乎意料地修長、豐腴，腰臀彎出一道曼妙的曲線。雖然背著月光，隔著長髮和輕紗，肌膚的晶瑩可見。

我的心幾乎要跳出胸口，耳邊也有些轟然。夜風的涼，山下的火，都消失了。

「過來啊。」她很輕很輕地說一句。

呆若木雞的我，蹣跚挪動了一步。

「再。」聲音更輕。

我再走一步、兩步。

也就在這時，沒那麼冷，我卻不知怎麼顫抖起來。

月亮就在我眼前。我和嬋兒一起看的月亮就在眼前。

我挨到了小青身後。顫抖著。

我的心跳得更凶。

「這一趟路上，我專去市集，看看能不能遇上我要找的人。」她的聲音好像很近，又好像很遠：「我終於找到你了。」

從剛才就在心底波動的浪濤，終於把我打翻了。

小青轉身。她的髮絲掃過我的面頰。她的雙手捧起了我的臉。她的輕紗從肩頭滑落。

嬋兒，救我。我心頭不知來由地冒上這麼一句話。

接著，她溫柔地吻了我。

我的外袍褪去。

衣服脫下。

那件嬋兒幫我做的，我說要永遠穿著想念她的衣服，離身的時候，也是嬋兒的身影最後一次閃過我心頭。

嬋兒。

我聽不清是她，還是我，在遙遠的地方呻吟了一聲。

下一刻，我進入了另一個世界。

二六 你會記得我嗎

一個快三百歲的人，記憶裡最清楚的會是什麼呢？
說是一些男歡女愛的場面，還鉅細靡遺，會不會不好意思？
沒有辦法。
直到今天，那天晚上的一切，都在我的眼前，在我的四周。
舌尖的甜潤。
圓挺奇異的乳房。

神祕穴口的摩擦。

急於進入而不得的慌亂。

一陣陣感官的風暴，吞沒了我。

片斷、快閃的記憶，終於可以連接的時候，小青在我身上，繼續含著我，慢慢俯身，吻住了我。

我的臉上有點濕。

是她眼角的淚水。

我們相擁躺在那裡。

她緊偎在我懷裡，撩了袍子蓋在身上。

山下的火光依然翻騰，現在只覺得像一盆爐火。

天上的月亮依舊熠然，現在只覺得遠了也小了。

那個指下琵琶琤琤之聲不斷，跳躍揮手之間人馬翻倒的女人，現在貼在我的身邊，頭抵在我的頸旁，修長結實的大腿和我交纏在一起。

夜裡，我也想過什麼時候能和女人有肌膚之親，但最奇幻的夢境也不過如此。

她都知道我在找我的心上人，又為什麼說我是她在等的人？不論婢妾，她侍候的男人要強過我不知多少，到底為什麼說我是她在等的人？到底看上了我什麼？我混充的大少爺模樣，根本禁不起看啊？

想著，我又只覺臉紅。何況，我看人家可是走眼，還真以為她是個走唱的了。卻又忽然想到她說只有一頓飯功夫，那是要趕回去了。我像是得了一個寶貝，寶貝卻又是偷來的，得還給人家。我一陣難受，對那個男人的妒意油然而起。

「你的名字真好聽，又好記，一聽就不會忘。」

小青抬起了頭看我，又瞇起眼睛。

看她笑的樣子讓我想起另一個女人頭一次聽我名字的反應，心頭一揪。

「我叫青如水。別人叫我小青，你要叫我如水。」

我點點頭。

「你吃飯的樣子怎麼就像個孩子呢？」如水用手指畫了畫我嘴唇。

我覺得羞臊。吃飯總會滴拉身上，是我娘從小就常說的。

接著她又輕輕問了一句：「你身上的衣服，她怎麼少做了個袖子？」

我猛地一震，結結巴巴起來。「沒……你怎麼……」

她噗哧一笑：「什麼沒啊？」

我說不出話。

「有膽子不說實話，就要有本事不說實話啊。」她瞇著眼睛看我。

我囁嚅著。

「你是想知道我怎麼知道的嗎？」

這次我不由自主地點了點頭。

「針線啊。你衣服的針線很細，可是那塊袖子的針線就很粗，一定是後來別人補的。」她眼睛清亮：「除了心上的人，誰會這麼細心給你做衣服啊？」

聽到她說細心，想到嬋兒，想到自己說要永遠穿著她做的衣服不忘記她，卻不過一個月就脫下來和一個女人躺在這裡，我羞慚無比。

「我和她，你喜歡誰？」如水問。

我不知道怎麼回答。

如水的手指堵住我的嘴。「不要告訴我了。」

她看著我：「我只要聽：你會記得我嗎？」

我點了點頭。

她笑了一下，有一抹淒然，有一抹欣然。「那就好。」然後慢慢支起身子。

我茫然若失，問道：「你能不走嗎？」

「傻子。」這次她輕輕笑出了聲。「我們會再見的。」

「怎麼見？」

「嬤嬤說了。這次分開，我不能告訴你去哪裡，說了我就再也見不到你了。不說，我們就會再見。」如水看著我：「再見的時候，我就再也不會離開你了。嬤嬤算得最準，她說的不會錯。」

說著，她起身了：「我要走了。再不走會出事。」

眼看她起身，要去拿衣裳，光潔的身體在月光下閃著光澤，我的妒意像剛才的火焰般翻升，一把把她拉回，壓在身下。

如水說了一聲：「不要。」但聲音很輕，身體也只是輕輕地掙扎。

我想把她身體的每一節、寸，都搓揉吞嚥。

飽滿的肉丘上豔紅的乳尖。

乳暈四周顫慄而起的小顆粒。

像珍珠般起伏的肚臍。

我把她的兩腿分開。

纖密蜷曲的毛絲，遮掩住我飢渴尋覓的去處。但黏滑的愛液四溢，又以一顆顆晶瑩的亮點引路。

我摸開滑液，把暴挺的那一根抵住隘口，緊貼著濕熱的肉壁，一點點推擠進去。

如水的身體本來平躺在地，倏地坐直，抱緊了我。

「平郎。」她在我耳邊的聲音灼熱。

那聲音迴盪到今天。

即使這麼多年之後。

二七　無顏無言

你失過魂嗎？

明明也沒少什麼，卻突然覺得自己空了。什麼活下去的意義都沒有。

不知道自己活在哪裡，不知道為什麼要活下去。

吸一口氣都難，又覺得多餘，又連怎麼吸氣都不知道了。

我本以為嬋兒不見了之後，那就是失魂。到如水走後，我才真正體會到那是怎麼回事。

第二次我們纏綿了不只兩頓飯功夫。而每一幕細節，都隨時徘徊在我眼前。幾次想去找她，但又頹住。那時候的律法，本來就是偷人家的女人就得死，何況我的功夫連人家的皮毛也跟不上，找到了也送死。更何況，她可能根本是拿我玩玩的。那晚她扭動的腰，嫻熟的導引，大概就是想吃個童子雞吧。

但她眼角的淚珠又是為什麼？

為什麼說我是她等待的那個人？

再說，如水把她那方可鋪可收的青絲布也留給了我。說她四、五年來到哪裡都帶著，所以我到哪裡打開，就像跟她在一起一樣。

可這讓我更難過了。

那塊布一打開，她的體香、我們那個晚上纏綿的每一個動作，都瀰漫在四周。她好像就在我身旁，忽左忽右，飄蕩著。

「你會記得我嗎？」

她的話在我身邊、耳邊遊走著，悄悄地。

不要！我不想記住如水這個名字。頂多她就是個小青。

我的失魂，也因為嬋兒。

嬋兒失蹤之後，雖然想到她萬一的情況，夜半會冷汗涔涔，但是想到她的時候也會感到溫暖。神木的腹洞，是我心靈永遠的歸宿。只要想到有一天找到嬋兒，和她一起回到那裡，我就感到重新擁有希望和力量。

還有嬋兒為我做的衣服。那曾經也是我活著的依靠。我和嬋兒只牽過一次手，也從沒敢想過和她如何，但是她親手做的衣服穿在身上，我覺得貼著胸、貼著背，都有一種呵護。

但是現在沒了。

我對不起嬋兒。

她那麼細心體貼幫我做的衣服，才貼身穿了一個月，就因為另一個女人而脫下。連小青一摸就知道其中承載了多少心意的衣服，就被我脫掉，扔到一旁了。

我覺得自己不配再穿那件衣服。

也沒有臉，沒有勇氣再去尋找嬋兒。

但這怎麼對得起人家？

小青說我們下次見面之後就不會分離，那是說我永遠找不到嬋兒了嗎？

那是說我有了小青，所以就再也沒有機會找到嬋兒？

這到底算什麼呢？

我什麼都不是。連畜牲都不如。

我是垃圾。

我的馬已經沒了。步行到下個驛舍之後，先是大醉了一場。

我不是好酒之徒，從不會自飲自酌這一套。和江嶽的對酌，是少有的場合。但是現在，我只想把自己醉死，把兜裡所有的錢都花光。

我在客棧裡喝了三天三夜，吐了三天三夜。

歇息了兩天，恢復點精神後，我想到一個解方。

我生活的平靜，都是小青打亂的。首要之務，是忘記小青。

小青最魅惑我的，就是那一夜。我決定找幾個女人來玩玩，打散那一夜的記憶。

這樣，我前後召了三個妓女。

那個驛舍的規模比前一個還更大，客棧、酒家、青樓都有。要貴的、要賤的妓女都隨你挑。
我說要找最好的。可來了三個，一個也沒有當意的。
一個是臉上妝化得濃得不像話，連衣裳也沒脫，就叫她回去了。
一個是穿著衣裳漂漂亮亮，脫了之後身材也不錯，但就是奶頭又大又黑，我看了就倒胃口，什麼也不想做。
最後一個，我本來想將就著怎麼都得上了再說，可摟到懷裡，摸摸蹭蹭，一親嘴，有點酸氣，完全不是小青的滋味。
跑堂的看我三個都不中意還願意給他打賞，好心地推薦我進城裡找，說那裡才有好貨。
我倒看破了。
小青說：「你會記得我嗎？」這不是問話。她知道我在床上是永遠不會忘記她的，永遠沒法找別的女人。
可忘不了小青，就對不起嬋兒。對不起嬋兒！
我從心底厭恨小青。她已經是別人的女人了，為什麼要來勾引我？

為什麼要壞了我跟嬋兒？

我又痛恨自己。人家勾引，就一下子被勾走了？

這畜牲！

我起身打坐，想借此平靜。沒想到一坐心就亂，根本連打坐也不會打了。

我只能再喝。

終於有一天，喝到身上一文不名了。

這怎麼辦？我還是想喝啊。只有喝醉，吐了喝，喝了吐，再在床上發暈，一天才容易度過。不然，醒著就是煎熬。

可是錢沒了。我看到床頭掛的那把劍。

看到這把劍，就想到嬋兒。

但我已經沒臉去找嬋兒。不配再有這把劍。

當了喝酒吧。

這把劍應該不只我一個人喜歡。王風算是為它送了命。總可以當幾個錢。

喝完了再說。

二八 且過江

我從當鋪出來。

只給了一點點錢，也不過再只夠我叫兩瓶酒，一道小菜。

兩瓶酒醉不倒我，但總比完全醒著好。

這天，太陽大，風也很大。

我往客棧走回，迎面一些新到的行旅，人聲嘈雜。

往路邊閃，差點撞到一個人。

是個老和尚。瘦骨嶙峋。

唐武宗滅佛，把全國幾千個寺廟全毀，幾萬名僧尼都還俗之後，曾經無處不見的和尚，有段時間就絕跡了。這些年又好多了，路上常可以看到出家人，可從沒見過這麼瘦的一個老和尚。

他半垂著兩道灰眉，左手托著一個缽子，右手當胸問訊。

看他缽裡，空無一物。

以前聽人說起和尚尼姑，意見兩端。一端是認為根本就招搖撞騙，剃了光頭就自以為高人一等，等著人供養，而男盜女娼的事一點也沒少做。

「看到他們托個缽子就來氣，我都沒得吃了，還給你吃？」有個客人這麼說：「我是見一個打一個！叫他們滾！」

另一端，就是真信他們是佛菩薩的化身。能遇上就是福報，何況亂世，可以保平安。所以也聽客人說是拿了什麼符咒，路上化險為夷。

眼前這個和尚，跟我聽的都不一樣。

就是個路上又窮又瘦的老人。身上的衲衣都是補釘不說，還有些破洞。手上托的也就是個缺角損邊的木碗。

既不像是招搖撞騙，也不像是慈航普渡。

和我一樣，就是個能走一步算一步的人吧。

我掏掏懷裡的錢，扔了一半在他碗裡。反正兩瓶酒也喝不醉，少喝一瓶就少喝一瓶吧。

轉身走開的時候，聽到身後一個聲音。

「阿彌陀佛。」

之前，我聽過一些人把這四個字掛在嘴上。之後，我更聽過不知多少。但，從沒有像那一聲。

忽然，我像是置身於大雨驟止的寧靜中。街上所有的嘈雜聲都退得好遠。

那聲音十分蒼老，像是冬日的殘陽。

那聲音低沉有力，日後我才知道如何形容，很像是遠方的戰鼓。

那聲音又那麼柔和，很像母親在春天的風中對孩子的呼喚。

我停在那裡好一會兒一動不動。

老和尚也再沒出一聲。

我拭去盈眶的淚水。

聽到和尚又說了一句：「過江去看看吧。地藏菩薩和你有緣。」

我再轉頭去看的時候，老和尚已經踽踽走遠。

二九 秋獵日

我到了渡口。

這條江說寬不寬，離驛舍不遠，這天卻沒什麼搭船的人。擺渡的，是個年輕小伙子。我問他知不知道對岸有個地藏菩薩廟。

「沒聽說。這方圓幾十里，沒什麼廟了。」他說：「現在找廟得往南邊走，北邊都沒啦。」

可我想那個和尚不會誑我，還是付了錢上船了。

船不小，可以坐十幾個人還挺寬敞的。擺渡的人會做生意，船上還賣炒米，我買了點，路上充飢。現在身上剩的，也就是回來的擺渡錢。不過，回不回來也沒多大關係了。

上了岸，那邊要上船的人也都說不知道。

「地藏菩薩？沒聽過。」有人說。

往前走了一段路，看到秋收時分，農田裡稻穗飽滿，在陽光底下金亮亮的。

我去農家，跟一個身形佝僂的老婆婆借瓢水喝。

老婆婆舀了碗水來。她看我的眼神本來挺警惕的，看我掏出了炒米，好像鬆了口氣，進去又好心地拿了兩塊醬蘿蔔給我。

這一陣子每天吃喝，酒肉不斷，清淡些正好。

我問起廟來。

「沒有啊。」她說：「有的話早去拜拜了。」

我看見她上了年紀，家裡卻沒有人，就問她。

她說：「孫子去山上砍柴去了。」

我們聊起來。

八、九年前，官兵下鄉來抓盜賊，賊沒抓著，卻把她兒子抓去。媳婦一直難過，過了一陣生了場病也死了。幸好孫子現在長大，和她一起種田。

我想起那位高大人還鄉，官兵黑吃黑，事後抓人充強盜的事，為她難過。

「這兩年總算沒旱沒汛的，日子好過些。」她說：「你說的地藏菩薩是什麼菩薩啊？沒聽過。有廟的話，我爬也爬著去求菩薩保佑，救我家兒子回來。也求再多給我們幾年這種日子。」

她牙掉了幾顆，說話會漏風。「你找菩薩求什麼啊？」

她一問，我倒真不知怎麼回。

其實，地藏菩薩到底是什麼菩薩，我也不清楚。

我會聽說過這個菩薩，是因為有一年在客棧裡，為一幫商人上菜的時候，聽他們在爭論哪個菩薩法力比較大。

「觀世音菩薩大！祂哪裡有求祂的聲音就去哪兒，什麼事都管，當然法力大。」一個人說。

「那也得看是什麼事。地藏菩薩是專管陰曹地府的，所以見了鬼、碰上邪，求地藏菩薩準沒錯。」另一人說。「祂是地獄不空，誓不成佛啊！」

「對，聽說夜裡唸祂的什麼經，什麼鬼都趕跑了。」

「你錯啦，你夜裡唸，都把鬼招來啦。」又一個人說。

那天我沒聽完。後來又有一年我跟一個手上戴佛珠的人求證。

他說那些人都說錯了。

地藏菩薩不只管地底，閻羅王都歸祂管，只要是和「地」沾上邊的東西，地上的祂也管。「所以啊，你種莊稼，就求地藏菩薩。」他搖頭晃腦地說：「求雨，就得求觀世音菩薩。」

我聽了有點納悶：「可是雨下到地上還不是就歸地藏菩薩管？」

那人嗤了我一聲：「你懂什麼！這些菩薩各管各的，所以你才要多拜各方菩薩。心誠則靈，心誠則靈啊！」

我還是不懂到底可以求地藏菩薩什麼。和尚說我和地藏菩薩有緣，但是就算找到了，求什麼呢？

如果沒遇見小青，我可以斬釘截鐵地回答是求菩薩幫我找到嬋兒。現在嘛，就算是講得出口，也支支吾吾了。

她渾身上下打量我，看我半天沒出聲：「唉呀，是求老婆吧？」

我吃了一驚：「怎麼這麼說？」

「城裡的人，不求財就求官，我看你都不像，」她呵呵了一聲：「我看你年歲和我孫子差不了多少，那不就是求老婆的年歲？」

我低頭看看，她說得也是。身上穿的質地不錯的袍子，這陣子已經髒了，衣袖上還有酒汙，原來的書生打扮早就走樣，成了四不像。

我羞臊地胡應了一聲，正想怎麼接話的當兒，聽到山坡那邊傳來一陣嘈聲。

幾匹馬快奔而來，後面還有幾匹。

前面有個人在踉蹌地跑著。他前面又有幾個東西飛竄著。

老婆婆起身，跑了出去，嘴裡不停地喊著：「虎子虎子！」

前面的東西近了，看出是兩隻野兔，颼的先鑽進了稻田裡。

跟在後面的三匹快馬，趕過了前面跑著的人。有個衣色燦爛的人在馬上吆喝著射了一箭。

跑著的人看出來是少年模樣。他一邊跑一邊大聲喊叫著：「不要！不要糟蹋了我的莊稼！」

可這時三匹馬已經跑進了稻田，所到之處，秋陽下飽滿的稻子折塌一片。

老婆婆也跟著嘶啞著聲叫起來。

我明白了。

到了秋收的季節，也是王公貴族秋獵之時。這些貴人秋獵，可苦了農家人。他們最怕的就是追獵追到了自己家田裡。

一年收成，轉眼就毀了。這是農家最怕的惡夢。

本來，這是律法不許，天下太平，國有明君的時候，王公貴族也要治罪。可是在這種亂世，別說他們敢為所欲為，連地方上的有錢人也跟著有樣學樣。秋獵傷穀的事，到處都有，仗著頂多賠點錢就可以了事。

虎子一路跑一路喊，老婆婆也在叫。

前面三匹馬在稻田裡左衝右突。

後面兩匹馬也趕過虎子，要衝進去了。

五匹馬的陣仗，和馬上人的裝扮，不像是貴族人家，倒像是地方上的土豪。

虎子背的東西散落一地。他攔不住，就從地上撿起一塊石頭，用力扔出去。

還真準，石頭正好飛上最後一匹馬那人的後腦，從馬上摔下來，叫了一聲。

前頭的人剛奔進田裡又回馬，高叫：「么弟摔了！」

老婆婆剛邁著小步急急過去牽住虎子的手，田裡其他人朝這邊騎回來。

已經滾鞍下馬的那人，扶著小弟在叫喚他。回來的人也圍過去。

他們幾人看來是兄弟，衣著裝扮可都是貨真價實的大少爺，都佩刀帶箭的。

那么弟摸著後腦，在攙扶下站起來，走了兩步，一瘸一拐地朝著這邊說了句：「就是他！」

看來是兄長的一人，回馬快走逼近虎子。

他沉臉問道：「你幹的嗎？」

虎子年紀應該比我小幾歲。他冒著一頭一臉的汗：「誰叫他……」

他的話沒說完，兄長兜頭給了他一馬鞭。啪！馬鞭不長，像條棍子般結結實實地抽在他臉上。

虎子沒來得及出聲，就仰臉倒地。牽他手的老婆婆也跟著被拉倒，她痛心撕肺地叫了一聲：「虎子啊！～～」

三十 怒弓直拉

我本來一直在原地，隔著遠些，這時候也趕快跑過去。

老婆婆扶著虎子在號哭。一條鞭痕劃過虎子的臉，半邊臉紫黑暴腫，看他那隻眼是廢了。痛得在哆嗦。

兄長看我來，打量著我。那小弟也已經又上馬，幾個人都圍過來。

「你是他們什麼人？」兄長問。

「遠房親戚。」我不知怎麼就很溜地說了。

「你家親戚傷了我么弟，要怎麼說啊？」他可能看不透我的底細，一時說話還語留三分。

「也不過扭到腳。你都把他打成這樣了。」我說。

「我么弟的一根汗毛都比他的命值錢，打他又怎麼了。」兄長說。

「賠我的莊稼來。」虎子在地上可以說話了，斷續地。老婆婆只顧哭，疼惜地摟著他。

「我呸！」旁邊另一匹馬上的人朝他們吐了口痰：「呸你啦！」

兄長轉頭對么弟說：「解氣了嗎？咱們回去吧？」

額頭上腫著個包的么弟搖搖頭，開口說話的聲音細聲細氣：「我的腳還痛著。」

兄長嗯了一聲，朝吐痰的那人說：「一報還一報，折了他的腿。」

「唉呀！」老婆婆驚叫起來。我也叫起來：「這怎麼行啊！你給他折了腿，不是逼人死路嗎？」

兄長看看我：「你當親戚的願意還一報也行。」他看看么弟：「對吧？」

么弟點點頭。散亂的頭幘看來很可笑。

我的火氣冒上來。當官的把我們當賤民就罷了，這些財主人家也有樣學樣！

這時突然在長嘶聲中，馬仰人翻，吐痰的落地。另幾匹馬也驚嘶亂竄，把那么弟又差點摔了。

虎子立在那兒，手上一把斧頭亂揮：「賠我的莊稼！」剛才他砍斷了吐痰那人的馬腿，馬在地上嘶聲不斷，折騰著。吐痰的不知摔著哪裡，癱在地上慘叫。

刀光一閃！唔的一聲悶哼！虎子這次是當頭腦門挨了一刀。

兄長勒馬拔刀，血往外直噴，虎子倒地。

「唉唷唷～」老婆婆才出了個聲，么弟的馬竄過去把她踩倒。

那兄長顯然是練過，身手矯捷。持刀看我，目露凶光。

我手上沒刀沒劍，但也沒假思索，轉頭就朝一個地方跑。

「別叫他跑了！」兄長在我身後高喝。

我沒命地跑。聽得有幾匹馬朝我追來。

我終於趕到，一把抓起我要的東西。

先前么弟落馬的時候，弓箭也摔在地上，他又上馬之後，忘了拿。

我剛才瞄在眼裡。

我先閃過追到身邊的那匹馬，馬往前跑去。然後半個身子還在地上就彎弓搭箭，颼的射向後面一匹。

倉促搭箭，力道不足，幸好斜地從他左肋直穿而入，進了心窩。哐的落馬，差點滾到我身上。

我起身拉第二箭。後面的馬轉眼追近，可這一弓我拉得很滿，噌一箭射出，看著箭穿透他喉嚨的同時，也看到他驚恐莫名睜大的眼睛。

他的人從馬上飛了出去，馬從我身旁疾奔而過，間不容髮。

這時最先追過頭的那一騎彎回來了，是那個兄長。幾個人裡只有他舞著刀。

兄長的嘴在狂吼、狂罵什麼，我聽不見。我只管再搭箭，再拉弓，瞄準他的眉心，看著他來近了，一箭正中。

三個屍體都落在我身邊不遠處。

我往虎子那邊看，剩下么弟一個人在馬上。他張望著這邊，轉了個向，要逃了。

這對我最好。

我逐漸把弓一寸寸拉到最滿，微瞇了一眼，想起在山中跟江嶽學箭的時候。目不轉睛。

么弟的馬去得有點遠了。我一箭射出。

陽光下，矢尖帶著一點光亮疾飛，準準地穿進了么弟的後背。

他倏地一軟落馬又勾在馬蹬上，奔馬就拖著他往前去了。

我去看老婆婆。

老婆婆倒在那個吐痰的身邊。

她拿虎子的斧頭砍在吐痰的肚子上拉出個口子，腸腑流到了外頭，白花花的，還在蠕動著。不知她哪來的力氣。

吐痰的也一刀捌了她透背，現在還剩口氣在嘶嘶的。

我想起他剛才呸那一口。

都不過眨兩眼的功夫。

上山砍柴的人。

在家裡等孫子的人。
出門秋獵逐兔的人。
橫七扭八地躺了一地。
可秋陽還是那麼亮。
田裡沒倒的稻穗還是那麼飽滿。

三一　如是我見

那天我平靜下來之後，心慌得不得了，要躲一躲，就沿著虎子的來路去了山上。

那座山沒多高。大概是虎子上山砍柴走多了，也有些小徑。我怕撞上人，就避開小徑，往深處去。

幸好山上有野果，又找到溪水，那晚我就在溪邊的林間挨了一個晚上。

大半夜沒睡，一直在東想西想。回想白天射死那幾個人的過程。

每個人被我射死的樣子，都記得很清楚。

可我更記得的，是我射每一箭的感覺。

握起弓，搭上箭，拉。快拉、慢拉、快射、慢射，每個動作的感受都記得很清楚。

我也就練了那一個月。又隔了快兩個月沒碰，竟然一點也沒生疏。

這固然叫我暗喜，可我在琢磨的是另一件事。

從跟小青那天晚上好了之後，這陣子我整天醉生夢死，醒著的時候也動不動都心慌意亂。

可是在射那幾箭的時候，可完全不是。我又回到沒跟小青有那回事之前的感受。一心記著要去尋找嬋兒，別的事都不在心上的清明。

江嶽說，要「目不轉睛，動靜如一」才能把箭射好。

可我好像是拿起箭之後就會「目不轉睛，動靜如一」。

書生說我有使劍的天分，江嶽說我射箭有天分，好像還不只如此。

我想起，殺王風那幾個人的時候，起初擔心兵器不趁手，使不動，但後連鉤刀都能拿到手不覺陌生，反感新奇，很快就摸著頭緒。

我是不是對兵器都有天分啊？想著，不由得陶陶然。

又想起下午殺的那四個人。

其實，說該死嘛，也就是那個兄長。或者說，其他人都該死嘛，那個么弟都跑那麼遠了，應該就饒了他。

可是我那麼清楚地記得引弓飽滿，看著矢頭在陽光下閃著光亮一路直射進他後背心的快感。

那時我還年輕，根本不是因為殺他滅口這種心機。純粹就是想殺。

後來我會明白那就是殺紅了眼。說得文些，是殺得性起。

換了其他時候，我不會殺他。但是射死了三個人之後，再多幾個也會殺得毫不手軟。

我倚靠著樹幹坐，不時會躺一下又起來，挪動挪動地方。

突然有雨水滴在我臉上。

剛才還有月亮啊，怎麼會下雨了？

我抬頭看，月亮的確還在。是上弦月，但畢竟亮著。

再看看頭頂，唬得我跳了起來。

我不是倚著樹幹，是倚著樹林裡的一個人。

我跳開段距離。

那人一動不動。

我不敢接近，跨過小溪，到對面看。

心在狂跳。眼睛又離不開。

定睛細看，好像不是人。人沒有能這麼久一動不動的。

我還是不敢接近，可也不想走開。

就這麼定在那裡。

直到天色逐漸亮了。

晨霧起了又散了。

逐漸看得清楚，那是個人。

我呆若木雞地隔著小溪看了大半天，又慢慢地接近去看。

他身形比我略高。留髮，髮髻束得很高，上飾彩帶和瓔珞。上半身衣衫半披，胸前掛著寶石項鍊，腰間又束一彩帶，下袍著地，右腳略前，左腳在後，似乎要起步而行。

儘管時間悠久，木雕的彩色斑褪，處處剝落，仍然華貴奪目。

他的右臂齊肘而斷，左臂不見手腕。但從他那略揚的右肩，略沉的左肘，感受到一種逼人的氣勢。

也正因為如此，他的面容令人不敢直視，又不忍稍離。臉型長圓，雙耳近肩。雙眉斜挑，右目微睒，左目稍開，竟似透著光亮。鼻準豐隆，脣則飽滿而巧。英俊中透著威武，威武中又吸引人親近。

後來，我一步步邁過去，先在周近繞行端量，慢慢才敢探手觸摸。也在那時看到，他的兩腿側面分別雕著字。

我手摸著雕痕，讀完那八個字。

「地獄不空」。

「誓不成佛」。

我知道了。我見到菩薩了。見到地藏菩薩了。

日後，我見過許許多多地藏菩薩的像。有金身、有石像；有立的、有坐的；有戴冠的、有光著頭的；有巨大身形的、也有玲瓏的；有尊貴威武的、有平易近人的。

我也看過一個個地藏菩薩都是右手持著振開地獄的金錫，左手握有照亮幽冥的明珠。

但，從沒有像我那天看到的那位斷臂缺手的地藏菩薩，那麼令我震動。

知道眼前就是地藏菩薩的那一刻，感受只有如遭雷劈可以形容。

唯一的差別，只是雷劈後人就沒了，而我還活著。

但我整個人被震得空洞洞的，想的、說的什麼都消失了。

那八個字是什麼意思，我懵懵懂懂，只聽到耳邊、腦中轟轟然的聲音。

爭論哪個菩薩法力比較大，說祂到底是管鬼還是管人，管莊稼還是管雨水，都毫無意義。

祂斷臂折手，依然莊嚴威武地要走出林間。

地獄不空，誓不成佛。

轟轟轟轟。

轟轟轟轟。

三二 清之明之

我沒找到廟。

可是找到菩薩了。

那天我在菩薩面前跪倒，潸然淚下，哭了很久。直到太陽又偏西，才止住。

為什麼？

我也說不上來。就像和尚說的，地藏菩薩和我有緣吧。

昨天夜裡，我是因為那顆水滴才發現自己就靠在祂腳下。

你說那是夜露吧，我覺得是菩薩用祂的淚水叫醒了我。
天黑了，擦乾眼淚鼻涕之後，這一輩子都從沒如此清醒。
那時我還不會用「清明」的說法。
真的是忽然所有的事都清清楚楚，明明白白。
我不再厭恨小青了。沒有小青，我就不會有後面的經過，找到了地藏菩薩。
何況，我還在肉體上享受了那麼豐盛的一餐。
我也不對嬋兒愧疚。對她的情意始終沒變過。
有了小青這一段，我更知道她對我的意義。
我的手腳沒斷，當然更要去哪裡都一定要把她找到。
我殺的那些人，畢竟是惡有惡報。他們早死早投胎，可以有新的開始。
何況還要謝謝他們。沒有他們，我也不會躲到這裡，見到地藏菩薩。
我不知道該怎麼說的，是老婆婆和虎子。
我沒害他們，他們也不是害在我手上。
只是他們都是老老實實的莊稼人，為什麼要遭遇這些？

這我回答不了。

只是我既然對什麼武器都容易上手，在亂世裡不正可以護身，走我要走的路。

突然領悟：原來我名字「平川」兩個字的意思，這樣才能兼顧。

可以護身之後，才能平安，也才能浩蕩。

我整個人沉靜下來。

月亮起來的時候，我開始打坐。這好一陣子根本把打坐忘得一乾而淨，這時我又默唸口訣，運氣行經。

我一面體會氣流在身體內的運行，一面沉入最深的安靜之中。平安、寂靜。

打坐了那麼久，我真正開竅，應該是在這個晚上。

之前，氣流在身體裡，感覺時有時無，時斷時續，有時候是自己在想像的。那一晚，我卻清楚地感受到氣機從丹田啟動之後，一路沿著經絡最細微的移動。移動的氣流再匯聚，小周天、大周天，反覆循環。

一遍又一遍。

我聽得見林子裡最細小的聲音。什麼小動物竄過去。沙沙的蛇在不遠處游過去。甚至我還聽到有個很輕很輕的腳步聲落在我後。深夜裡這只有鬼了。我想著。但是平日提到鬼就很容易起雞皮疙瘩的我，卻沒有任何反應地又繼續坐下去。

腳步聲輕輕地又走遠了。

天色慢慢地又逐漸亮了。

我坐到快中午才起身。

不是要找嬋兒，我就永遠在這裡住下去了。

我對地藏菩薩膜拜行禮，然後告別。

我上上下下地看了祂很久，把祂身上每個細節都記住。銘記在心。

一直沒吃東西，也不覺得餓。捧著溪水喝些，又沿路摘了些野果，我不敢從原路下山，就拐了個彎，從另一頭下去，往渡口去了。

來的時候也沒打算一定要回去，可是在這裡殺了這麼多人，還是回去好。

三三 卻遇水惡

到了渡口，本來陰著的天，下起毛毛小雨。

船從對岸划過來，快要靠岸了。來的時候一船沒幾個人，這天看來卻挺滿的。

小雨裡，說寬不寬、說窄不窄的河上，還有艘小舟，舟上有個蓑衣笠帽的人垂釣。

渡口有三、四個人等船。另有幾名官兵守著，在盤查。

本來想回頭不搭了，可是又怕官兵已經瞄到我，就硬著頭皮上前。

官兵把我叫了出去。

果然是為了那檔事。

他們盤問我哪兒來的，怎麼看我眼生，過河來幹嘛，頂重要的，是問我知不知道前兩天這附近死了十來個人。

我都照實說。路過的，來找廟的。只有說行李還放在對岸客棧撒了謊。本來連這個謊都說得心虛，若不是他們把死的人數誇大，馬上就要穿幫。

「死了十幾個人？」我吃了一驚。明明才幾個人，怎麼變得這麼多。

「是啊。」帶頭的瞪著我。

「我可不知道。」這我可以回得斬釘截鐵。我可沒殺那麼多人。

帶頭的一點也不相信我的樣子。

這會兒，渡船已經抵達。年輕的渡公跳到岸上，忙起下船上船的人。官兵根本不理會其他人，只顧圍著我。

「他是前幾天來找廟的，找地藏菩薩。」渡公大概想起那天我買的炒米，一面忙著，一面嚷了一聲。

帶頭的臉色沉了一下，跟他手下私語了一陣。

「這樣吧，我們跟你過河，看看你住的客棧。」他轉頭來說。

人是會長大的。有了這幾個月的經歷，這些人打的什麼算盤，我心裡已經有數。我又遇上「王風」了。他們才不管人到底是誰殺的，押我去取了行李分一分，拿我「頂罪」就是。

可我不太一樣了。我沒有急，也沒有怒，只是在想，等一會兒怎麼甩掉這些人。

這樣，他們把我押上了船。

船上有個棚子。我在外頭。飄落的雨絲，不急不快的。

渡船剛過了一半的河，停住。是那條有人垂釣的小船，隔著兩個船頭的距離，擋住了去向。

蓑衣笠帽的人站起身，說話聲音洪亮：「喂，船上的，把東西交出來，你好我好，大家都好。不交，你就淹死在這裡，其他人也作陪。」

那人個子不高不矮，笠帽下，一雙眉毛很濃。

擺渡的急急回了：「這位大爺，是不是看錯人啦？我就是一個……」

濃眉的人沒等他話說完就打斷了：「誰說你啊！喂，那邊那個！」

船上除了官兵沒幾個人。他指的人一身褐袍，腰間圍著寬皮帶，沒見兵器。身材高大，留著絡腮鬍子。

官兵打量著絡腮鬍，紛紛從他身邊退開點距離。

絡腮鬍先是悶著，一會兒說道：「誰知道你在說些什麼！」

「別裝蒜了。姓梁的，我跟了你好幾天。」蓑衣人回道：「你跟韓思武兩個一明一暗，東西就在你身上帶下來，別以為我不知道。」

輪到我睜大眼睛。

小青那個男人折騰韓思武，要他的東西，結果在這個絡腮鬍身上？他是誰？這到底是什麼寶貝啊？

「胡說！誰認識什麼韓思武不韓思武的！」絡腮鬍悶聲說。聽口音，是北方來的。

「你是誰？報上名來！」

「十八道裡的水道，你可聽過吧。」蓑衣人說著話，把釣竿放到身旁一個桶子上。

「我在陸上，可能贏不了你寒冰掌。到了水裡，你就聽我處置。」

他摘下了笠帽，又慢慢脫下了蓑衣。

他裡面竟然除了一條布把下體圍了圍，什麼也沒穿，赤條條的。在深秋的季節裡也不覺冷的樣子。

水惡！我又遇上了水惡！

官兵看出情勢不妙，平常的威風都不見，只顧看他們兩個對話。

水惡不停地揉搓四肢，扭擺著腰。他又加了一句：「我沒叫你落水，是不想糟蹋那個寶貝。你是沾光，別不識好歹。」

官兵裡帶頭的那個在催擺渡的：「別管他，撞過去啦。」擺渡的不樂意，猶豫著不知怎麼是好。

水惡喝道：「再問你一次：交不交出來？」

絡腮鬍哼了一聲：「你有本領來拿吧。」

水惡縱身一躍，嘩啦進了河裡。

船上的人面面相覷。絡腮鬍也四下打量著。

沒一會兒，咚一聲，船底下傳來。

「唉呀！」擺渡的先叫起來。船身一動，接著就看到船板上出現一個洞，河水不停地湧了上來。

船上的人官兵都叫起來。

擺渡的一跳入水。可沒一會兒就看到水面浪花翻騰，血水上湧，擺渡的屍首很快浮起來。

這邊船上呼天喊地，冒上來的水越積越多。眼看船就快要沉了。砰砰幾聲。絡腮鬍出掌，船上的棚子被他劈倒。

他拿了兩塊棚板，朝水上扔出一塊，縱身一躍，輕盈地站上那塊棚板，再扔出一塊踮腳一躍，上了第二塊棚板。兩個起落，就上了剛才水惡的小舟。

也就在他剛躍進那艘小舟的同時，水裡浪花上湧，水惡也翻上船，手裡精光閃閃的東西攻向絡腮鬍。絡腮鬍才一側身，水惡拉過釣竿和桶子，翻過桶子就往絡腮鬍身上倒去。

桶子裡不知是些什麼東西，黑黑小小的，滿頭滿臉地落到絡腮鬍身上，只聽他大叫起來，抓頭抓臉抓身上。

水惡趁著機會一躍而上，手上的鋼刺一下子刺進絡腮鬍的脖子，可是絡腮鬍也一掌結實地擊中他的胸膛。

儘管我自己也不會水，但我沒有理會還在船上那些人淒厲的嘶號，隨船上的積水越升越高，一直設法引頸張望那邊小舟上的廝殺。

大約就在我看到水惡中了一掌，噴出一口鮮血的時候，船斜了，整個翻倒。我掉進了水裡。

冰涼的河水淹沒了我。咕嚕一口嗆得我昏天黑地。

我奮力掙扎，往上浮出了水面一剎那又沉下。

亂揮亂蹬之間好像抓到了什麼，用力往上蹭，又看見一下水面上的世界。

我抓到一塊船板。四周有些其他人蹬動的手腳。才剛猛喘了兩口氣，船板掀翻，我又沉下。

這次又嗆了一口水之後，再使不上力了，只有在水裡胡亂揮手舞腳，也越來越往河底沉去。

周遭暗下去。

我張口大叫。喉嚨裡只灌進更多的水。

也在這個時候，覺得好像被什麼夾住了一下。

然後就不省人事了。

三四 卻會如此

好像浮在什麼雲端上，飄飄蕩蕩。

又像是在堂叔客棧裡剛起床，另一個準備要幹活的早上。

陽光白如雪。

雪下繁花如海。

一個聲音像陣輕風般傳來：「來這裡啊。」

花海中是縈繞在我夢中的人影。

「嬋兒！你在這裡啊！」我大叫。

嬋兒挽著她的筐子，筐子裡摘滿了花，朝我走了過來。

「我一直在這裡啊。」風又拂過我耳邊。

我的嬋兒，好端端地就在眼前。讓我不相信自己的眼睛，她臉頰紅撲撲的，害羞又像是興奮。

「你看。」她舉起手中一枝紫色的花。花瓣在風中微顫如蝶翼。

蝶翼遠去。

持花人的聲音盪過我眼前：「你會記得我嗎？」

她披著一襲青紗，背著雪一般的陽光，水一樣的腰，清晰可見。

小青走了過來。她慢慢撫摸我的臉，靠近。她的鼻子輕輕地碰觸著我。

「你會記得我嗎？」她又輕輕地問。

「我～～」我喃喃地回答。

她的唇觸上我的。

「你還不醒！」有人在遠方說。

陽光暗下去。花海消失。小青也不見了。

眼前黑黑的。我等了一會兒才適應過來，人也終於從剛才的美夢中醒了過來。

黑暗中，有些光影在躍動著。

是一個火堆。晃動的火光，在一些壁面上吞吐著高高低低的陰影。

這是一個山洞。

火堆旁邊，一個散髮，眉毛很濃的人，披了一身藍黑不清的袍子，定定地望著我。

火光在他臉上晃動著陰影。

我想起了沉船。

想起了沉船之前看到那兩人快速交換的一刺一掌。

是水惡？

他救了我？

為什麼？

一連串的疑問在我心頭浮起。

看我醒來，他開口了：「你叫什麼名字？」

我說了是哪兩個字。

「氣功學了多久？」

我有點迷糊地說：「三年了吧。你怎麼知道我會氣功？」

「我看過你打坐。」儘管就著火光，看得出他的臉色蒼白，說話的聲音也有氣無力。

剛才挨的那一掌不輕。「看你在林子裡能一坐一宿。」

哦，那天我聽到附近有輕輕的腳步聲，終於確認不是鬼，原來是他。

「你真是水惡？十八惡道的？」我問他。

他濃眉一揚，面上閃過怒意。「這還有假？」他沒在乎我直接叫他「惡道」。

會問他，是看他原先蓑衣笠帽的樣子，講話口音也就是江南，不像其他幾個惡道說話怪聲怪氣，所以根本沒聯想到十八惡道。

他哼了一聲。「今天我救了你一命，要怎麼謝我？」

我趕快起身，深深一拜。「請儘管吩咐。」

水惡又哼了一聲。他從懷裡抽出一個小包裹。

打開外層的布，裡面是個木盒。

再打開木盒，在燒的木柴迸出嗶剝一聲，水惡看著盒裡的眼神像是要流出口水。

他拿出盒裡的東西。

我也湊過去。

很小的一塊東西。就中指大小。但通體赤紅，狀若人形，多鬚多枝。

水惡蒼白的臉興奮得通紅，眼睛亮著光，但又逐漸暗淡下去。

接下來，他告訴我，那叫做千年赤蔘。不只是延年益壽的絕品，也是學武的人夢寐以求之物。

這是我們唐國有個王公好修神仙之術，派人去北方搜得這個寶物。回程弄了個明修棧道之計，傳出來的風聲是韓思武把赤蔘帶了回來，實際上另外找人帶了東西。

我算搞懂了韓思武是怎麼死的：「那你怎麼知道這些安排？」

水惡嘿嘿了兩聲，回道：「前一陣子我上了一條船，碰上他們家出來採貨的大總管。求我饒命，給了我這個消息。」又說：「不過，我還是把他餵魚了。」

而這次他就是先在路上踩點，攔這個絡腮鬍，真正帶寶貝的人南下。那天夜裡，在林子裡看見我打坐。

我想起水惡和那個寒冰掌在船上的過招，問他：「你不是說他到了水裡就任你擺布，怎麼還非得上船跟他打不可？」

「你懂什麼。」水惡又哼了一聲：「這種千年赤蔘都有靈性了，落到地上就化成小孩跑不見了。沾到水就化成魚走了。」

這個人心眼還真多。「那你那桶東西裡裝的是什麼？」

「哼哼。我弄了一桶螞蝗。不怕他自己不脫個精光。」水惡得意地冷笑兩聲。

我知道了是怎麼回事，可不知道他為什麼講這些給我聽。

「我捅死的那個人，外號叫『寒冰掌』。我中了他一掌。」水惡慢慢地說：「現在，你得報恩，幫幫我了。」

好啊好啊，我說。

水惡哈哈大笑了兩聲：「花了那麼大力氣，怎麼也沒想到會讓你這小子占了便宜。」

三五　寒冰之福

水惡說那句話的神情，也是多年來我都記得的。

可是要說「占便宜」，後來我倒不覺得。

小便宜，是可以占的。大到像我得到的那種便宜，可真不能說是占的。

只能說命定。到了那個分上，那就是我該得的。老天給的。

水惡千方百計攔住了寒冰掌，又想方設法沒讓千年赤蔘落水，留在小舟上，可是他卻在捅死人家的時候也結結實實地中了一掌。

他不只內傷，噴了口血，也立即明白寒冰掌名不虛傳，冰寒之氣侵入氣脈。

這使得他即使拿到千年赤蔘，也派不上用場。

「重傷之下，邪不受補，越補越邪。」水惡緊緊地望著我。「得有人服了這個赤蔘，再用他的氣來幫我去除冰掌之寒。」

我也不由得瞪大了眼睛。

水惡喘了口氣：「我忽然想起你也在那艘船上，就再下水把你撈了上來。」他頓了一下：「你會氣功。正好可以。」

「所以？」我慢慢問。

「所以，你這小子好運，給你服這寶物，等於給你補了二、三十年的內氣。」水惡說。臉上表情難以描述。「你再幫我調傷。」

我還是反應不過來。

水惡又加了一句：「你幫我調傷，也是幫你自己調理。赤蔘肯定是剛陽之氣，有寒冰之氣調和，才不至於讓你發狂。」

我忙不迭地點頭。

「來吧。」水惡把那個木盒小心翼翼地遞過來。

我都說不出話來了。「這……這要怎麼吃？」

「這種千年蔘也不能用鐵器切，切了就壞了靈氣。」水惡說：「你，你就咬著吃吧。」

我看著盒子裡那麼大點的東西，覺得這和剛才的夢境也沒有什麼差別了。只是說這千年蔘有靈氣，落地上就能化成小孩跑掉，這怎麼吃得下去呢？

「快呀！」水惡在催了。他的臉色更難看了。

蔘體紅得晶瑩，蔘鬚細小，幾近透明。靠近了有種香氣。

我咬下第一根蔘鬚的時候，水惡也跟著大吞了一口口水。

那蔘沒有叫起來，也沒動，晶瑩依然。蔘鬚則有種入口即化的感覺。這次我從根本咬了一小口，脆軟之間剛好入口。只是不甘不苦，並沒什麼特別的滋味。

水惡看我真咬了一口，馬上叫停。接著叫我打坐，看看氣機動得如何。

我坐好，照平日的方法開始吐納練氣。吃了一口赤蔘之後，覺得十分興奮，必有大事將臨，於是一心守住丹田，期待有特別的熱氣從丹田而生，巨大的氣流可以運行經脈，打通平日不通之處。

然而，沒什麼特別的事發生。和我平時打坐的感覺沒什麼不同，有氣的感覺動了，但也沒覺得有特別之處。

過了一會兒，水惡問我：「怎麼樣了？」

我閉著眼搖搖頭。

「那你再咬一口啊。」

我咬了第二口，稍微比較大的一口。又一心期待地開始打坐。

過了一盞茶功夫，還是什麼事都沒有發生。

水惡要我再來第三口，又比較大一點。這下子千年赤蔘剩不到一半了。

我又坐了好一陣子。水惡不停地問我，氣機有沒有大動。

我不覺得有，可是平常的氣也走得挺順的，就說：「好像有了。」

水惡要我趕快從他後背幫他調理。

可我的手才伸出去碰到，就打了個哆嗦，一陣寒氣透指而入。

水惡自己也感受到，想了一下，有點咬牙切齒地說了一句：「等不及了。你就全部吃下去吧。」

我吃掉最後一口，又隔了一盞茶功夫，之前從沒有感受過的氣機就啟動了。和我想像的不同，不只是丹田熱起來，而是全身奇經八脈都同時有了感覺。只是各處熱度不一，到處都有點痠癢。

我用原來的打坐方法，本來是從丹田開始聚氣，再照經脈運行，但是現在經脈各處的熱度都加大了起來，甚至有些穴位自己就在聚氣、灼熱起來。還不只經脈，連全身各處都熱起來。

我沉不住氣，亂了章法，顧此失彼，原來的打坐方法不堪使用了。

只差一點，我就要發狂大叫。

後來，還真虧有水惡。

他身體的寒氣，一方面透過我掌心傳入，不覺那麼冰冷，進入我灼熱的身體之後，平息了許多燥動；另一方面也為我體內來不及導引而亂竄的熱流，多了一個疏解的出口。

我逐漸在慌亂中找回原來打坐運氣的脈絡和節奏。

這樣，不知過了多久，等我注意得到的時候，我已經可以感覺到經脈中洪然的巨流滾滾流動，快速又平穩的任督二脈周而復始，不運而導，不導而運。

從水惡身上傳來的氣流，也不再是寒氣。雙掌和他身體接合處，只覺得也成了個吐納口，氣流波動著，呼應我全身的運導，在那裡一伸一縮。

前陣子學會騎馬之後，在江邊天水一色、人馬合一的馳騁感覺，和這時比起來已經不值一提。

過了良久之後，感到水惡身體一動，離開了我的雙掌，我也戀戀不捨地收功起身。

山洞裡有陽光照了進來。

水惡在我身前，傷容盡除。

但最重要的是我。這次我睜開眼睛，世界已經完全不同。從地上的石子，到水惡的相貌，到陽光的顏色，在我眼裡都澈底換了個樣。

東西都是那些東西，色澤卻大不相同。每樣東西好像都在水裡沖洗過，看來十分清晰。

我游目四顧，到處打量。

「小心！」一個喝聲。

我隨聲一閃，水惡的鋼刺剛剛好貼著我胸前擦過。

我的左掌順勢一拍，把水惡打了個踉蹌。

三六 重逢

水惡站定了腳步。

和我一樣，他也望向剛才出聲的地方。

陽光雖然照進了山洞，但是還不到深處。陰暗中，有個人影。他顯然從昨晚就在那裡了，只是我和水惡兩個人沒發現。

「什麼人？」水惡問道。

那人本來坐著，慢慢站了起來。又慢慢從暗處踱了出來，陽光把他照得清楚了。

一襲灰袍。

雖然背負著手，不像上次那樣一手持劍，一手輕彈著劍鋒，但我馬上認出他來。

就算雷劈到，我都沒有這麼驚訝。怎麼會是他！他怎麼會在這裡！

「你！」是我大聲叫道。

輪到水惡疑惑起來：「你認識他？」

「鼎鼎大名的摩訶劍莊大護法勿生！你都不認識？」我帶著自豪的口氣，朝水惡冷笑了一聲。

「勿生！」水惡也吃了一驚。

勿生只是站在那裡，似笑非笑地看著我們，再沒說一句話。

水惡剛才偷襲，顯然是過河拆橋，不想留我這個吃了千年蔘的人成了禍根。但是他挨了我一掌，又加上看我認識勿生，知道接下來討不了好。

「唉。」他嘆了口氣。濃濃的眉毛一動一動，像蚯蚓：「千年蔘真是好東西吧。」說著，他朝洞口一步步退了出去：「你啊，好自為之。」

說完這句話，水惡就一竄而出。不見了。

我回頭看勿生。

他還是那個姿勢站著。接著我看他身子一軟，咕咚一聲摔在地上。

我箭步上前，扶起他。

匆生面若金紙，嘴角有血絲，竟是已經昏過去了。

我覺得手上濕，一看是血。抽手翻過他的身，後背一片血汙。

這怎麼回事？

這時我才又想起，路上聽說他殺了人，被逐出門牆的事。

摩訶劍莊的大護法匆生，到底發生了什麼事？怎麼會身受重傷？躲在這個山洞裡？

一個個疑問，在我腦子裡迴響著。

我既然能治好水惡，應該就能治好他。又有一個聲音在回答。

我把匆生放平在地上，一手放在他心窩的穴道上，打坐運功，把氣輸給他。

和剛才給水惡的情況不同，這次沒有寒氣回湧，但是輸給他的氣好像進了無底洞。良久良久他才有了些反應，而我已經覺得有些累了。

他輕咳了幾聲。醒了過來。雖然雙眼無神，畢竟睜開了眼。

「謝謝你。」

「哪裡的話。你是怎麼了？」

勿生吃力地搖搖頭。

什麼人有這麼大的能耐傷了他？

「我去摩訶劍莊找人？金陵不遠。」我問他。

「不要。千萬不要。」這次他說得很清楚。

這又為什麼？

我的疑惑又多了一個。

但是想著我倒在地上，看他衣襬飛揚，彈劍而立，再看他此刻下倒在地上的模樣，心潮澎湃。

這可是我的救命恩人。沒有他擋下劊子手那一刀，我的人頭早已不知滾到哪裡去了。

過去他是摩訶劍莊的大護法，現在不知因為什麼，孤身一人重傷在此，卻正好讓我遇上。

「放心。我會照顧你。」我俯身跟他說。

勿生微微點了點頭。他看我一眼，眼神黯然，就又闔上眼睛。

三七 成長與休養

人的成長，時而漫長，時而彈指之間。

我在地藏菩薩跟前那一宿，像竹筍鑽出了地面。一心保護匇生之後，那竹子就倏忽長大了。

本來我沒有處理什麼事情的能耐。

一路而來的遭遇，所有的好事，都不是我追求來的。

學劍、學字，是意外的福分，書生送來的。

差點砍了腦袋，是勿生救了我。
遇上嬋兒，是她的簫聲呼喚了我。
遇上地藏菩薩，是和尚指引了我。
身上多了幾十年內力，是水崽造就了我。
就說小青，她壞了我和嬋兒是一回事，可是讓我享受那麼美妙的時刻，也是她帶引了我。

我自己主動想的，都是倒楣事。
想進城看熱鬧，就被關進了大牢。
沒路可去，想到的是上吊。
逞能耐去討劍，害得嬋兒失蹤。

做得順手的，都是凶事。
王風三個人，我就那麼料理了。
五個秋獵的人，我一箭一個就解決了。

我真是個腦子不清楚的人。沒法用到好事上。

可是那天看了勿生，為了怎麼救他，我腦子卻突然明白了。想做什麼，該做什麼，哪先哪後，都明擺在眼前。沒有任何猶豫，毫不拖泥帶水，我就一二三四地做下去了。

我先把勿生在山上挪了個地方。

這是跟江嶽學的。他出門都要把嬋兒藏起來，現在勿生的情況也需要，不能讓水惡回來找到他。

下山就去了驛站。那家當舖。

我想起小青送的那塊青絲布，這陣子一直還在我懷裡。她說到哪裡去都能鋪下，又能收成一小握，這麼奇特，應該能當些錢才對。

還真想對了。當舖掌櫃的看了，嘴裡嘖嘖聲不斷。

結果當到的錢，比那把劍還多。

青絲布離手的時候，不免悵然，但是也算了個心事。

劍我本來就沒打算贖。跟掌櫃的說我有用，先借回來幾天。

說話的時候，我伸手像掰糖葫蘆似的把他的檜木桌角掰了一塊下來。

掌櫃的就把劍還給我了。

當鋪旁邊就是間賣跌打損傷膏藥、也給人抓藥的舖子。

他們也有金創藥，就買一些。

順便買了弓箭。

回程再找了個農家，付他們點錢，要他們準備些乾糧，還借了個碗。

跑堂的時候，每天大清早看堂叔有條不紊地把一天要做的事安置妥當，總覺得那是我怎麼都學不來的。

可沒想到今天我就順順當當，毫不拖泥帶水地把該辦的事情都辦妥了。

回頭往山上走，有嬋兒的前例，本來有點擔心勿生會不會在這個當兒為人所趁，結果沒事。出去前有幫他調理過，也為他輸了真氣，回去的時候，他還沉沉地睡著。正好讓我把東西放下，出去找到了山泉。

我跟勿生在那裡住了大半個月。

其實，從我把背上的外傷先處理過之後，別的地方都好辦。我每天打坐練功之後，就給他輸氣，幫他調理身體。

再就出去打打獵，弄些吃的。

勿生逐漸見好。

幫他料傷的時候，也看到他身上還有更多更大的結痂傷口。不知是他行走江湖，還是去行軍作戰的時候留下。但可以體會到的是，那是一個生命力很強的身體。

慢慢地，他不再是油盡燈枯的模樣。

又逐漸，可以自己坐起，也可以調息了。

但是他再也沒說過話。

我問他什麼，都只是點頭，或搖頭。

等他明顯好轉，醒著的時候，大多是在發愣。

最常發出的聲音，就是嘆息。

有時很深很深的一口。

有天夜裡醒來，還聽到他有一兩聲呻吟。

我不敢出聲，但知道那是什麼意思。

嬋兒不見了之後，或小青走了，我花天酒地那一陣，也那麼嘆過氣。
想起嬋兒，難受的時候，我會哭出聲來。
可想起小青，不會。但更別扭些、更悔恨些吧。

我的好奇，也沒再變大。
不管他發生了什麼事，現在我陪在他身邊是真的。
我喜歡看他在我照料下，一天天好起來的樣子。
以前照顧書生的時候，我比較像是在澆花。這次照顧刎生，我像是在種花。
澆花不太知道接下來會怎麼樣。種花，知道。
我知道他一定會痊癒。
就算他好了之後仍然和我各走不同的路，還是覺得很榮幸。

我也更相信接下來不論走哪條路，都大不相同。
身上有了那二、三十年內力，什麼事都不一樣了。
以前打坐練功，真是練功。所以有時候想練，有時候還是想偷懶。可現在我每天醒來第一件事，就是打坐。體會豐沛的內氣在經脈之間循環，那是享受。

練拳也是。以前是照著招式練，用力練完會出一身大汗。現在出拳勾腿，體隨氣動。書生教我的時候，告訴我練拳就是要練到有一天體會出「體隨氣動」，我現在終於明白那是什麼意思。

有天打拳打得氣行全身，不打而打，最後彈身一掌，嘩啦一聲，一棵粗細合抱的樹攔腰斷掉。

我想起江嶽那天可以掌裂巨石，不由得輕顫。我可以拿他當目標練了。

使劍也如此。書生說，三才劍法招式乾淨，這才真正體會到他所說的乾淨的好處。招式簡單，內力運劍不只如臂使指，並且大開大闔，劍氣如風。

連射箭也是。一把弓，可以輕鬆拉滿，並且箭出如意。有次朝一頭山獐一箭射出，直把牠釘到一棵樹上，但弓弦也被我拉斷。也因為如此，後來我就留心尋找一把「強弓」，可以讓我盡情箭隨心行，心隨箭馳。

天冷起來了。

太陽升起來都覺得有寒意的那一天，我練完功回去，看到勿生站在洞外。雖然臉色依然蒼白，倚壁而立，但站在那裡。

他看著我，開口說了一句話：「我們去南方吧。」

我在原地站了很久。

他說「我們」。

我沒法形容心裡的滋味。

三八
回憶中

在我心頭，勿生至少有四個不同階段的樣貌。因為變化很大，甚至就像四個人似的。但是在這麼長的歲月裡，我最常想起來，或者說我最希望想得起來的，就是和他第一次南下的時候。

勿生在刑場救我，那是第一階段。

雖然肩上扛著摩訶劍莊大護法的名號，但是我看到他不拘形式的瀟灑。和惡道周旋，我看到他傲然的自信。對我來說，那像打蟑螂的一劍，尤其銘記心底。

那個階段的勿生，對我來說是可望不可及。
後來成為阿鼻使者的勿生，以及後來又成為阿鼻尊者的勿生，我和這兩個階段的他相處最久，共同經歷的事情也最多。但不知怎麼，想到他，總是側影多、背影多。另有一些場面，尤其是最後他要走了的時刻，當然是記得清晰，連他臉上的細微的紋理都至今如在眼前，但卻是不論在夜裡、夢裡掠過心頭，都會讓我悸動驚起。
只有中間這個階段，帶我第一次南下這段時間的勿生，是我記得清楚，也樂於想起的。我們還沒那麼熟，所以對我來說，他遠得剛好，還帶著相當的神祕。我們又日夜相處，所以他又近得剛好，彼此逐漸有親近、熟稔的機會。
即使今天，想起我們如何從陌生中探索、認識彼此，還有一步步讓我們成為緊密夥伴的遭遇，我還是會嘴角帶起微笑。

起初，就像我說的，我不知道勿生到底發生了什麼事，他也從來不說。
我對他多知道一些的，也就是他是金陵人，也屬蛇，比我大了一輪。
那個時候，勿生的表情，冷淡居多。
每天幫他運氣調理，會聽到他輕輕地說一聲「謝謝」。淡淡的聽不出什麼情緒。甚至，他的眼神裡還有一種不只是冷淡，更深一層，一種死寂的東西。

從他說「我們往南去吧」那句話開始，算是邁過了一個節骨眼。

我自己，從聽他說「我們」那一刻起，就打從心底感受到難以壓抑的喜悅。摩訶劍莊的大護法會跟我說「我們」，不只是榮幸可以形容。

勿生呢，他也不太一樣了。

幫他調理，他還是會輕輕地說「謝謝」，但很微妙地，雖然還是淡淡的聽不出什麼情緒，我還是覺得那一聲「謝謝」裡有什麼東西比較舒平。

他恢復一些元氣之後，早上會自己找個地方練拳。

後來有一天，他跟我借劍一使。因為沒有痊癒，只能動作緩慢地使了幾劍。

好長一段時間裡，他的眼神也頭一次有了異樣。死寂裡，好像閃過什麼光芒。

「我不能教你摩訶劍法。我也不能用摩訶劍法了。」勿生把劍還給我，說道：「將來我可以教你別的。」

我不知道此話何來，他怎麼想到要教我劍法。

我確實曾經想要去金陵，看看有沒有可能投入摩訶劍派。但那是以前的事了。

不管如何，我當然是歡喜的。

只是我更好奇他為什麼不能再使用摩訶劍法。他那些被逐出師門的傳聞，到底是怎麼回事？

我很想問，但話到嘴邊還是吞了回去。

我們南下，是去閩國。

路程花了個把月時間。前面一段路很慢，後面卻很快。

前面花的時間長，是因為我們步行。因為披頭散髮，衣著也汙穢不堪，所以沿著官道走的話，不時得躲避遇上的官兵和大陣仗人馬。

下山後，我拿身上還剩的錢沿路跟農家買乾糧，結果人家看我們兩個的樣子，大概都以為是盜賊，避之不及，所以大多都是趕緊送些吃的，希望我們趕緊走。就算有收錢的，也都是少之又少。

開始，我還都先努力解說我們不是壞人，可後來也就習慣了。他們不收錢心安，就讓他們心安吧。

後面走得很快，是因為我們去見過孫手。

三九 六家村

「孫手？」我第一次聽說的時候，奇怪這是什麼名字。

他的外號其實是孫一手，有一手特別的本領，叫快了就成了孫手。

孫手的本領，就是幫人做過所。

唐朝鼎盛的時候，朝廷掌控全國，如臂使手。戶籍完整，什麼人到哪裡去，都控管緊密。尤其長途行走，要通過關津要地的話，需要過所。過所又書寫嚴謹，把行走之人連同僕從，相關姓名資料都記錄詳盡。

等唐朝崩壞，來到五代，天下大亂，戰火殺戮加上遷徙流亡，戶籍亂佚，各國雖然仍有過所制度，但是主要用在邊境重地，提防敵國奸細。自己國內通行，則隨著國情不同，鬆緊不一。我當年要出門的時候，就是被過所的問題卡了很久。

要什麼地方哪個官署發的過所，孫手都可以連字跡帶官印都做得一模一樣。會這手本領的人，北劉南孫齊名。

孫手早年和他兄弟一起做這行當，發了財，也引人覬覦。結果招來強盜，破了財，死了一個弟弟，還差一點被擄上山。那次正好勿生路過，救了孫手一命。

後來孫手學乖，找了個地方上的大團練當靠山，自己躲起來絕不露面。團練又買通了官府，這就連官府也成了他的保護傘。因為孫手有各種辦法能讓人進出相鄰的各國，這一手讓官府願意睜一眼閉一眼。

他所在的地方叫做六家村，可是去看了就知道，那哪只六家，一百家都不只。也不能叫「村」，根本就是個「堡」。堡裡又做什麼行當的都有。來找孫手的人，不是從遠處來，就是要往遠處去，所以旅途上吃喝用的這裡都可以備齊。

繞著孫手吃飯的人多，做成了一個生意。然後加上市集日子周近的人也來設攤立舖，就更熱鬧。

勿生怕遇上認出他的人，要我自己去找孫手。

我去的那天，市集鬧騰騰的。

「小兄弟，來找誰啊？」有人看我要往村裡走，來盤查。

「我來找字畫的。有字有畫的。」我照勿生告訴我的說。問話的人看我一眼，說一聲「往前走」，也就沒再多話。

村裡和村外一樣熱鬧。賣什麼的都有，做餅做吃的、賣木器的、賣陶的，到了那家字畫鋪，還真的是左邊是家屠戶，右邊是家鐵匠。

屠戶的塊頭很大，筋肉突結，剁骨切肉，手中的屠刀俐落如風。

鐵匠是個老頭，忙碌地拉著風箱，手腳機靈。

字畫鋪的門板開著，裡頭擺著一張桌子。桌上攤了些字畫，桌後坐了個年輕人，自顧自地低頭寫一筆蠅頭小楷。

我在桌前站了好一會兒，直到他把那張紙寫好。可他放下筆，抬起頭，看看我也什麼都不說。

我也不吭氣，就照勿生說的，把他腰帶上掛的那隻小鳥拿給了年輕人。

年輕人接過之後，懶洋洋地起身，進了裡屋。老半天沒出來。

我等在外頭。那天陽光很暖和，村裡路上來往的人少了些，想起上次也是在一個市集上隨著小青的琵琶聲找到她。

「你會記得我嗎？」她的聲音在耳邊迴盪著。她的氣息像波浪般晃盪得我胸口悶得發慌。

又想起嬋兒。你又在哪裡呢？

我已經好一陣子沒想過這兩個女人，這會兒等著的功夫，兩人又不停地交互在心頭糾纏。

還好身後有些動靜。

年輕人已經回來，又坐回桌前，不聲不響，寫起字來。

「識字嗎？」過了一會兒他問我。

「識。」我說。

「喏，那過來看看。」

我站近些看，紙上寫著：「去賣餅家。」

四十　孫手

我看到孫手的時候，他正在低頭刻玩一顆印章。

雖然是大白天，屋子裡燒著兩個盆火，屋頂垂著一些吊架，架上燃著蠟燭。

這間屋子不在地上。我是到一間賣餅家，他們掀開一張麵板，走下暗道進了這個地洞。地洞寬敞，壁上都是架子，放滿了書和紙捲。看不見透光的地方，可地洞裡盆火、燭火照得通亮。

孫手在刻的印章不大，就著火光下看得出透著翠綠。而他的手修長、白皙，靠大拇指的手背上有一顆痣，痣上長著一條細長的毛。晃眼的話，像是他手上長出一棵小草似的。

孫手一直刻他的印章，沒出聲。字畫店的年輕人，則立在他身邊不遠的地方。

孫手終於放下印章和刻刀，抬頭看我。

他瘦瘦小小，年紀不算老，蓄著山羊鬍，眼睛一大一小。

「勿生大護法的傷都好了嗎？」他問。

我說還好。

「現在鎮國公到處在找他。他露面會很危險。」孫手說。

鎮國公？這個名字好像哪裡聽過？我想著，就問了一句：「鎮國公是誰？」

「你跟他在一起，不知道鎮國公的事？」旁邊的年輕人插口問道。

我有些不好意思：「還沒來得及聽他說。」

「那你是他什麼人？」孫手比較大的右眼精光一閃。

我大致說了一下。

「于倫，那你講給他聽聽吧。」孫手朝那年輕人說。

原來，鎮國公叫李擎，是我們唐國皇帝李昇的堂弟。李擎當年擁立有功，又喜歡神仙之術。所以等皇帝接受了楊家天下之後躊躇滿志，開始迷戀煉丹之術，李擎就大獻殷勤，搜羅各方珍異之術投其所好，很快就大受寵信，權傾一時。

聽到這裡，我想起來，也明白了。

半年前，我在河邊看見那些官兵黑吃黑，滅了高大人一家，他們仗著的就是鎮國公。韓思武身上帶的丹藥，寒冰掌身上帶的千年赤蔘，他們分頭帶的東西，也都是要給鎮國公的。

這麼說，我是把要給皇帝的寶貝給吃了？我不禁吐了一下舌。

而上次匆生回到摩訶劍莊不久，鎮國公的人馬就找上了門。

「他們興師問罪，說匆生大護法殺了一個縣令。殺了朝廷命官，是大罪。還加上那個縣官是鎮國公的親戚。」于倫說：「所以非得要摩訶劍莊把人交出來不可。」

果然根本不是姦殺了什麼女人！可是我也急了。「不是！那個縣令才不是他殺的。那是他自己勾結十八惡道，叫其中一個女惡的彎刀殺了。」我急急把過程講了一遍。

「他們可不管這個。」于倫說：「又有人說鎮國公真正想要的是摩訶劍莊的那一塊地。大概聽說那塊地風水好，就眼紅了。」

「那後來如何了？」想到可以解一下這段日子一直憋在心口的疑問，我急著問。

于倫跟我說，後來的情況他們也不清楚。有人說是摩訶劍莊掌門人方禮把勿生逐出門牆，勿生不服，被方禮重傷。有人說勿生大逆不道，先傷了掌門人方禮，如果不是他師兄勿語出手，方禮差點死在他手上。又有人說那天十八惡道也在場，勿生是傷在十八惡道手上。

「但不論哪種說法，都是他受了傷在逃，而鎮國公正在四處搜他。」于倫說。

我的疑問大致有解了。也知道勿生夜裡深沉的嘆息是怎麼回事了。可是也聽得說不出話了。

盆火在嗶剝的響。

「本來涉及到官府的事我都不碰，可是勿生大護法的事我不能不管。」孫手沉吟了一會兒：「他想去哪裡？」

我跟他說是閩國。

「我想也是。」孫手捋了把山羊鬍。「我已經叫于倫安排好了。」

四一　向南走

孫手幫我們備好了通行唐國和闐國這兩地的過所，安排了最方便的路線，還特地要于倫送我們一段路。

我們先去接勿生，然後到三十里外一所驛站，找了一家客棧痛痛快快地沐浴、梳洗，更換了上上下下所有行頭。

「師父已經交代過，要我幫你們改換面目。」于倫說。「要和勿生大護法過去完全不同的樣子。」

之前，勿生的著裝很素樸，灰色衣袍，看來很有义氣。現在這一裝扮起來，不只富氣，更透著貴氣。他渾身上下都是綾綢，但色澤、紋繡搭起來，恰到好處。玄色展翅樸頭，兩頭尖角亮一點金光。十分鋪張，但沒有我常看到那些有錢人的俗氣，而只覺華麗逼人。

我也沾了光。生平頭一次真正著了冬衣，還買了件狐裘披肩。

于倫也幫我們買了馬車。是四面都可開窗的四面車。烏木做的，四角金亮。車裡備好了銀兩。

「有錢能使鬼推磨。到了節骨眼上，經常是有錢比有過所要緊。」于倫說。他年紀和我相當，一手毛筆字能寫得那麼好，我已經是望塵莫及，處理起事情的幹練更讓人羨慕。

我問勿生要不要買把劍。

他微哂，搖搖頭說：「要用的時候跟你借。」

這樣，勿生華衣豹毯坐進車裡，我和于倫在前座駕車，喝的一聲就動身了。

我們還在唐國境內，但自從上次江嶽救我出城之後，我見城心驚，再也不敢有進城的妄想。一路都是在驛站、市集、村子打轉。

這次孫手卻要安排刎生一路專走大小各城，到底要怎麼進去呢？

把守城門的問起呢？孫手準備的過所當真行得通嗎？

記得看見第一座城在望，隨著馬車越來越接近城門，我忐忑不安。

到了城門口，守門的把我們攔下來。于倫下車跟他們說說什麼，看又朝他們手裡塞點什麼，連過所也不必亮出來，我們就進城了。

有錢能使鬼推磨，是真的。

沒錢人只能留在自己家鄉寸步難動，想要有一張過所也難。有錢人不只什麼過所都拿得到，竟然連過所不必亮出來都可以。

有了經驗，再走了兩三座城之後，于倫就回去了。

「跟你師父說，謝謝他。」刎生告訴于倫：「我會去六家村再看他的。」

我們兩個，繼續南下。

南下的過程裡，看得出刎生的外傷雖然大致好了，但人還是虛弱。

我們說的話多起來。到了哪一個地方，他會說說當地掌故，還有什麼好吃的。雖然我從孫手那裡聽來了他發生的一些事，但是實情如何，看他一點也有沒透露的意思，我也就沒問。

但是路上我們交談還是多起來。

他問我那次刑場之後發生了什麼事，我都跟他說了。只不過說到小青的時候，實在結結巴巴。

「婢兒不會是遭了血惡毒手。血惡不會搞得那麼麻煩。」勿生說：「應該還是被什麼人綁了。」他想了一回兒：「她長得是真漂亮？」

我用力點點頭。

「那還是不知道被賣到哪去了。」勿生說。

聽他也這麼說，我的心沉到底。

接著他說起小青。是勿生告訴我陶夜的名字、靈月教，以及陶夜身邊的四個女人。

「你說陶夜的眼睛有什麼怪光，那是因為他眼睛是綠色的。」勿生說。「陶夜不收男徒弟，只收女的。他的四個女弟子，也是他的婢妾。」勿生帶著調侃的笑意看我：「你很有能耐，讓那個小青看上。」

這也是我一直想不明白的，問他是為什麼。

「這我哪知道。跟陶夜久了，看上你是想換個口味？」勿生很認真地想了一會兒：「可是聽你說的，又不像。她應該是動了真情才是。」他停了一下：「不過，我寧可她只是想跟你玩玩而已。」

我想起小青說的「再見的時候，我就不會離開你了」，心情難以形容。

勿生對我遇上地藏菩薩那一段特別感興趣。

他仔細地問過我遇上的和尚的樣貌，還有我在林間看到的菩薩像。

聽了之後，他沉吟良久。

「你知道那位兩隻手都沒有了的地藏菩薩，手裡本來應該拿著什麼嗎？」他問我。

我說不知道。

「他的右手應該拿著一根金杖，是用來打開地獄的。他的左手拿著一顆明珠，可以照亮地獄。」勿生說。

我聯想起那個在林中斷臂缺手，但是起身前行的身影，心頭一熱。「為什麼要打開地獄，照亮地獄呢？」

「不然呢？你不是看到他身上寫著『地獄不空，誓不成佛』？」

看著我，他又說：「你說的那個和尚，我見過。可惜沒見過你說的菩薩像。如果早見過……」

聽勿生說他見過那個和尚，我大感驚訝，就連著問他在哪裡見過，都沒想到問他如果早見過那尊地藏菩薩像會怎麼了。

勿生不回答我。只是笑笑。那天我們就說到那裡。

還好沒過幾天發生一件事，我們又談下去。

四二 歌聲與劍名

我差點中止了和勿生的南下。

那是在唐國境內的最後一站。

這一路上我們不只裝扮闊綽，進了城裡，也都照孫手的主意，吃住都挑當地最好的，充分過公子生活的癮，讓人意想不到。

我喝酒不行，勿生的酒量好。從他傷好了，逐漸酒喝得多起來。

那天，我們也是在一家酒樓。

正當我聽著小曲，陪勿生喝了兩杯，眼前的女人也覺得比較嫵媚的時候，突然像是被淋了一頭冷水。

我聽到隔壁傳來一陣歌聲，猛然清醒，或是說嚇醒：

緩緩離合去

花花春日奇

我抄起劍，衝了出去，循聲找到那一間，踹開了房門。

屋子裡坐了男男女女，正在唱歌的女人停住，張大了嘴巴在看我。正在斟酒挾菜的也都靜止。

不是嬋兒。屋裡沒有一個女的是嬋兒。

我又難過又鬆了口氣。

接著，我一劍指向那個女人：「說！你怎麼會唱這首歌！」

那女人有點年紀，可能快三十了。她沒有出聲，只是慢慢地伸手指了指酒桌上另一個女人。
哐啷一聲，酒桌上那女人的酒杯掉在地上摔碎。她身旁一名喝得頭幘都歪掉的男人直接癱坐到地上。
「你把大家都嚇壞了。」勿生從身後走來，和和氣氣地說道：「我這個兄弟今天喝多了，請不要見怪。」他朝屋裡的人拱了拱手。「他就是愛聽剛才那個曲，請問是從哪裡聽來的啊？」
好不容易，桌上那女人回答了。說她剛從揚州回來。是在揚州一家叫「翠紅居」的伎院學來的。
我問她，教她的人是否嬋兒的相貌。
「個子沒那麼小。眼睛沒那麼大。」跟勿生說話的女人回答。
仍然不是嬋兒。但起碼知道可以追尋的線索了。我一陣激動。
「你要不要就去找她了？」回到房間後，勿生問我。
「現在就去找她？那你呢？」我問他。
「我的傷都好了。自己去闖國沒有問題。」勿生語氣輕鬆地回道。
「那不行。我答應過你要一起去南方。」我說。

勿生看了我一會兒，回道：「好。」

回房後，那天晚上他跟我說了一段話。

「你對我有救命之恩。今天也感謝你對我的心意。那我也有件事不吐不快，跟你說說好嗎？」

當然好，我說。

「你真要去找嬋兒的話，有一件事情一定要想清楚。」勿生說。

我問他什麼事。

「你要想清楚，在你的生命裡，最重要的到底是那一把劍，還是嬋兒？」勿生說得很慢，一個字一個字希望我聽得清楚。

「為什麼這麼說呢？」我也慢慢地問。

「因為你三心二意。」他回答：「如果嬋兒最重要，就該一直陪著她。不該那個時候回去找你的劍。為了回去找劍，結果嬋兒失蹤，這是付出了什麼代價？」

勿生停了一下，又接著說：「可是聽你說找到了劍之後的那些感受，如果劍對你最重要，怎麼又因為對小青割捨不了，把劍拿去典當了呢？說丟就丟了呢？你對得起自己的劍嗎？」

我不只面紅耳赤。一頭汗水。

「我看你是個武術有很高天分的人，尤其用劍。你的運氣又非比尋常，多少人修練二、三十年的真氣，你又一下子從天而降。」勿生看著我說：「天賦、運氣都好的人，往往就不會珍惜。」

大概怕自己的話講重了吧，他拍拍我的肩。「你有沒有給自己的劍取個名字？」他問我。

給劍取名字？我說沒有。問他為什麼。

「你會遭遇這麼多事，都是因為你有了那一把劍。沒有那把劍，你不會想到出門，也碰不上這些事。」勿生說。「使劍的人，都該給自己的劍取個名字。那是他命運的鑰匙。也許，你的劍有了名字之後，你就會想得清自己生命裡最重要的是什麼了。」

「那你的劍呢，你那把劍叫什麼名字？」我問他。

「你看到的劍已經和我無關了。」他沉默了一會兒。「現在我要去找我另一把劍。」

終於，他說出南下是為了什麼事了。這次他看到我等待的眼神，多說了一句：「那把劍的名字是，阿鼻劍。」

「阿鼻劍？」我問。

「你聽過阿鼻地獄嗎？」勿生反問我。

我說有。可是不太明白意思。

燭光下，勿生看著我的眼神飄飄搖搖的：「阿鼻地獄，就是地獄中的地獄。十八層底下最深的地獄。」

「你說那是你另一把劍？為什麼要去找呢？」我問。

勿生輕輕一笑。「沒錯。是我的另一把劍。也是被我扔了的劍。」

我想起前幾天他跟我說的話，有些事情朦朦朧朧。

「再跟你說吧。很快你就會都明白了。」勿生看出我的神情，這是他那天跟我說的最後一句話。

四三 迎接

我們進了闍國。

闍國和我們唐國最大的不同，是寺廟多起來，和尚、尼姑也到處都是。武宗滅佛之後，這些年各地雖然又鬆動起來，但是要說重新回復唐朝盛世佛教大興的景況，非闍國莫屬。

唐國和闍國的邊界不平靜，城池戒備森嚴。

我們能進闍國，除了孫手已經事先幫忙打點、疏通，加上銀子，還有一個新的通關密語：「拜佛」。

勿生到了這裡逢廟就拜，大把大把的銀子奉上香火錢。他因為曾經來幫王延稟打仗住過，在這裡還算熟。

廟裡的住持欣然為我們指路、引介。一路都在寺廟落腳住宿，這樣倒也行程順利。

有一天，勿生跟我說，快接近閩都長樂府了。當天晚上，他在投宿的廟跟住持聊天，談起長樂府的寺廟。

「長樂府排第一的就是智覺寺了。」那位住持說：「出家眾快上千。你去，是一定要去看的了。」

勿生很覺意外。「智覺寺？」他猶豫了一下：「那不是一座小廟？」

「現在可一點也不小。方丈圓慧大師修行高深，是我們皇帝的上座。皇帝每年給他們寺裡的供奉不計其數。圓慧大師又治理有方，沒幾年就見規模，香火也越來越盛了。」

那位住持說著，難掩羨慕之情。「你們去的話，正好趕上冬至。今年皇上特別要在冬至加一場佛道聯合七天法事，佛家必定是圓慧大師主醮，可以去見識一下。」

勿生跟他打聽圓慧大師的長相。住持說每次見到他也都是遠遠的，看不清楚，只知道個子不高，有點乾瘦。

勿生沉默良久。我問他怎麼了。

「難說。去了才知道。」他回我，說著笑了笑：「不過還好，不管他是誰，和尚都去城裡做法事，廟就空了，我們去正好。」

聽來勿生是要去智覺寺。他的算盤打得不錯，只是有些地方沒算到。

我們到了長樂府那天，是冬至前兩天。

城外老遠就看到人群迤邐了很長的行列。

隔著很遠一段距離之外，路邊坡上有人勒馬停在那裡。都是光頭僧服。

看見我們，六個和尚策馬疾馳過來。

他們接近。到了就滾鞍下馬，身手俐落，每個都結實幹練。

「智覺寺知客僧淨音在此問訊。」其中一人年輕，長相又特別清秀，單掌問訊，朗聲說道。「請問馬車裡的施主是否摩訶劍莊的大護法勿生？」

智覺寺！並且已經在這裡等著勿生了！我吃了一驚。

勿生沒有掀開窗帘，回了一句：「不敢當。正是。」

「家師上圓下慧，已經恭候多日。因為後天是冬至，要進城做法事，寺中無人，要弟子我們前來迎接，不妨一起到長樂府做完七天法事，再一起回寺。」

淨音言語廝俐地說道。

「圓慧大師可是敝人舊識，俗家姓袁？」勿生又問了一句。

「正是。」淨音回道。

勿生在轎子裡長長地「哦」了一聲，接著說：「大和尚做七天法事，不敢打擾。我們去貴寺稍歇一下就走，省了麻煩。」

淨音沒有停頓，回了一句：「敝師本也有此想，不過擔心施主身後的來人意圖不明，所以想到先進城可能比較方便。」

這一路我都是光顧著看前方來人，從沒想過注意身後。聽他說，回身一看，一箭之遠開外，有幾個人在馬上，衣著顏色很顯眼。紅的、綠的、褐的。

我心頭大震，差一點沒握住馬鞭。

勿生在車裡沒有出聲，應該從後頭的車窗也看到了。等一會兒我聽他說：「那就恭敬不如從命。我們就一起進城勾留幾天。」

淨音幾人欣喜之情躍然臉上，合十回禮，躍身上馬朝我說：「那就勞駕施主跟小僧等一起進城。」

這樣我們跟著趕上了前面的人群。

我生平頭一次看到上千名和尚尼姑一起誦經持咒，往城裡前行的壯觀景象。從城外開始，路的兩旁也都排滿了善男信女，一連好幾里路，虔誠地頂禮膜拜。嗡嗡之聲不絕於耳。

旗幡飄揚中，前方看得到有幾頂大轎。最前面的，是一頂十六人大轎。後頭又有幾頂八人大轎，轎子上有華蓋，四周敞放，前後都有僧尼簇擁。真是浩浩蕩蕩的行列。

我看身後。那幾人繼續不疾不徐地跟著。

心中盤算了一下。勿生只是外傷好了，還沒恢復元氣。我自己雖然得了些內力，但是說要和十八惡道裡這幾個人動手，覺得還不知道差了多少。

這下子卡在中間，感到遭遇了險境，又難有出脫的機會。

但畢竟先前已經有過幾次生死交關的經驗，也只有既來之且安之，先進長樂府再說了。

跟著智覺寺的大和尚進城為皇帝做法事，當然沒有任何人阻攔盤問，我們就進了閩國首府。

四四 長樂府

那場法事辦了七天，我們也在長樂府住了七天。

當時閩國亂事不斷。

閩國的開國之君是王審知，中原的光州固始人，當地望族。黃巢大殺四方之際，王審知兄弟三人先是為一支亂軍所擄，因為兄弟素有才名，而逐漸受到重用。後來亂軍一路南下，途中反而為王審知和他大哥取而代之。他們進入閩境之後，先取了泉州當根據地，再取福州，終於各方歸附。王審知在他大哥死後主政，再受到朝廷冊封。

王審知治閩的期間，史書有「為人儉約，好禮下士」、「寬刑薄賦，公私富實」之譽。王審知不只吸引諸多中原名士投奔而來，振興教育，還善用福州地利之便，積極開展海外貿易，與新羅、日本、南洋都往來頻繁。因而閩境在那時是可以安居之地。

王審知有八個兒子，兄弟猜忌相爭。他死後，繼位的是長子王延翰。王延翰本人狂傲，在他任內自稱起「大閩國王」，且又荒淫引起民怨，因而另外兩名兄弟王延稟和王延鈞便聯手起兵，殺了王延翰，由王延鈞繼位。

王延稟怎麼和王延鈞翻臉，勿生怎麼也捲進來，是後來的事，等一會兒再說。王延鈞繼位後，連王也不稱，開始稱起帝了，並且福州也是在他手裡改名為長樂府。從改這個名就知道，王延鈞的荒淫，一點也沒比他的哥哥王延翰差。

可再過幾年，王延鈞就被他兒子王繼鵬殺了。而我們進長樂府的那一年頭上，王繼鵬又被他的臣子朱文進所殺，擁立了他叔父王延羲。

皇帝換人做，可有樣事情沒變，就是都喜好神仙之術。閩國固然禮遇僧侶，對道家更不在話下。幾任皇帝都有自己寵信的道士，為之立壇、築宮。

那年冬至，新皇帝就位，為了祈福迎新，又請佛道兩家大做法事，所以智覺寺圓慧方丈率了弟子進城，我們也沾了光。

法事現場在水晶宮外。宮外大築法壇。我們被請進一個院落。淨音特地過來打招呼：「法事七天，怕招待不周。想請問是希望參加法事，還是在這裡休息？」

勿生回道：「我想休息幾天。到最後一天，再一起參加功德圓滿如何？」

淨音說：「沒有問題。那小僧也就在此陪伴，有什麼吩咐就請說一聲。」

「那不必麻煩吧。七天法事難得，不要因為我們浪費大好機緣。」勿生說道。

「小僧本就主責知客。無所謂浪費。」淨音合十。連我都聽得出這是要把我們放在這院子裡看管七天了。

有點急了，我就開口了：「我倒不需要休息，可以出去逛逛長樂府嗎？」

淨音想了一下：「待小僧請問過家師再行稟報。」

他走了之後，勿生問我怎麼想到要出去逛了。

「我早就聽說長樂府的各種光景了！」我說：「這是我想了多少年的地方啊！」從跑堂的時候，聽說閩國與四方交往，長樂府的珍奇異寶，還有那大海，現在就在身邊，不能不看啊！

勿生笑了一下。「你倒是機靈。很多人都說，長樂府要比我們江寧府好玩。」

「你不出去看看？他們為什麼要把你留在這裡？」我問。

「他們都在這裡做法事，怕我趁機去寺裡把東西拿走了。」勿生說。

「那是什麼東西呢？」我問。

勿生說：「你出去看看吧。等晚上回來再跟你說。」他伸了下拳腳：「我好得差不多了。要好好用這七天來調養，應付接下來的事。」

而我的願望也成真了。淨音回來，說我出去走走沒有問題。「只是施主要小心，不要碰上跟你們來的人。」

我心頭怦然跳了一下。但是想想今天的我已經和過去不一樣了，就回答知道。

這樣，我在長樂府晃了好幾天。

長樂府確實不同。

我先明白了一進長樂府就覺得空中有種說不出的味道是怎麼回事了。

原來那是海風的氣味。

我終於生平第一次看到海了。雖然鄱陽大湖也是水天一色，不見邊際，可是我站到長樂府的海邊看到那汪洋，聞著海風的氣味，看到波濤翻騰，心情激動莫名。

閩國儘管皇位爭殺不斷，長樂府本身倒沒遭到多大破壞，市景繁華，不見凶險。因為有海船可以東接新羅、日本，南引安南等地，城裡的各種販肆，又跟我在鄱陽看到的光景大不一樣。犀角、香料、珍珠、瑪瑙，無所不有。過去跑堂時候聽說的寒瓜，又名西瓜，我在長樂府總算得見，綠皮紅肉，汁甜無比，立時大啖一頓。

閩人相貌本來就和我們唐國人有些不同，街上奇裝異服，相貌迴異的人更所在多有，新羅人、日本人各自裝扮稀奇。

有一家店賣日本刀，讓我大開眼界。日本人製刀精細，以前就有所聞，實際得見，不論狹長的刀形，閃動寒光的刀刃，都讓我讚嘆不已。

當天晚上，我在夜市還看到了一個震撼莫名的異景。

黑夜裡，有一個漆黑的巨塔在噴火。而再近看，竟然巨塔非塔，是一個巨人，全身黑膚，及腰鬈髮。他毫不畏冷，上身只斜披一張黑色的皮革，裸露著大半個胸膛，頸上再掛了些大小不一的黑色鈴鐺，下身也是一條黑色的皮裙。

這幅景象，就算白天看到也會叫人魂飛魄散，何況夜裡他還雙手各持一根火炬，輪流就近口邊噴火。

正因為他全身的黑，所以偶爾看到他的眼白和齒白，格外陰森；從他口中噴出的火焰，更好像炙燒出許多聲音。

長樂府的人倒好像已經多見不怪，只是在給他腳下的氈子上扔錢。

進城的第一天，我就在各種景象、氣味的衝擊下昏頭脹腦。晚上回到我們落腳的地方，根本都忘了問勿生要告訴我的事就躺平入睡了。

四五 阿鼻劍

那七天裡，勿生終於把阿鼻劍和他的故事說給我聽了。

阿鼻劍最早現身於黃巢殺人八百萬的年代。

有人說是黃巢佩戴過，有人說是黃巢手下一名大將的佩劍。

勿生最初看到阿鼻劍，是他當年來閩國為王延稟助陣的時候。

王延稟會和王延鈞翻臉，起因於早先他們分兵攻打王延翰的時候。當時，王延稟是建州刺史，王延鈞是泉州刺史，兩人一南一北進攻福州。王延稟先攻進，殺了王延翰。王延稟雖然年紀比王延鈞大，但因為他是王審知收養，不是親生兒子，所以還是等王延鈞趕到後，讓王延鈞繼位。

說來這也是佳話一樁。不過等王延鈞送王延稟出城時，當哥哥的意氣飛揚，就跟他老弟說了句話，後來史書上記為：「善守先人基業，勿煩老兄再下！」王延鈞聞言變色，從此種下心結。

王延鈞繼位之後，一方面崇鬼神，好神仙之術，一方面也跟他父親王審知一樣，拜佛禮僧，創下普渡兩萬人出家為僧之舉，所以閩境多僧。可王延鈞除了貪愛女色，也有暴虐之名，史書記有「喜奢侈，銅斗火熨人」。

如此過了幾年，王延稟有了取彼而代之的心，從建州出兵。王延稟想要有高手擔任心腹護衛，因為與摩訶劍莊方禮有舊，乃請方禮推薦弟子前來助陣。

「我師父問我。我沒有想太久就同意了。」勿生說。

「你怎麼會答應呢？」我聽得好奇，脫口問道。堂堂摩訶劍莊的大護法，在自己境內廣受敬重，何必到異國為他人衝鋒殺伐？做如此凶險之事？

勿生沉默了一會兒。「那時我想離開摩訶劍莊。」

「為什麼呢？」我忍不住追問。

他嘆了口氣：「我有一個狀況。」他停頓了一會兒：「我的個性嫉惡如仇，但有些時候太急。那年我急怒之下，錯殺了一個人。」

燈下，他的臉有一半在陰影中。

「我懊惱至極，深覺對不起摩訶劍的金字招牌，也就覺得去一趟戰場無妨。生死有命，如果死在戰場，也算是抵了那人一命。不死，我換個生命來過也好。」

這一路，隨著他和我說話逐漸多起來，我可以感受到他的坦誠。

我不知道他的懊惱到底有多深沉，但是他在無奈中想要換個生命來過的心情，大致可以體會。我自己經歷過。

「所以你去當了王延稟的牙將？」我也想起自己曾經想要從軍，到一個大人物麾下當他的貼身護衛。

「不是。」勿生說：「我去他兒子王繼雄的身邊跟了一年多。」

他停了一下：「我是在他身上第一次看到了阿鼻劍。」

勿生看到阿鼻劍的那天，是早上。在王繼雄的帳中。王延稟有三個兒子，王繼雄是長子。進攻福州的時候，王延稟把王繼雄帶在身邊。勿生就一直跟王繼雄在一起。

「王繼雄平日不佩那劍，都是掛在帳中。」勿生說。

「為什麼呢？」我問。

「因為那把劍不利交戰。」勿生回答。

啊？這怎麼可能。一把如此名號的劍，不利交戰，這是什麼意思？

「沒看過那把劍，你不明白的。」勿生雙手比劃著它的尺寸：「劍身比一般劍寬很多，劍尖又比一般尖很多。把手的地方，有一個頭像，看過的人永不會忘記。」

我納悶著繼續聽他說。

「整把劍也沉很多，不好使。」勿生回憶的眼神有些飄渺：「最特別的是，你敲打劍身的話，聽到的像是一種木頭中空的聲音，不是鋼不是鐵不是銅。」

「木頭？」這我可吃了一驚。

「不。不是木頭。只是發出木頭的聲音。」勿生說：「真拿它和刀劍互砍，什麼刀劍也損不了它。」他又接著說：「還有，那把劍只有鈍鋒。」

他笑了笑：「拿來砸死人沒問題。可是交戰要砍殺，可不行。」

阿鼻劍，這個名字如此特別，怎麼又會這麼古怪？

「那他們一直帶著做什麼呢？」

「阿鼻劍傳說很多。一來因為有人說那是黃巢佩過的劍，二來有人說看過阿鼻劍所向披靡的鋒芒，只是後來不知怎麼變了。」勿生說：「所以王繼雄就是崇拜吧。掛在帳中，一方面圖個護佑，二方面也在等待哪天這把劍的劍鋒再轉利吧。」

「那你怎麼說這把劍後來是你的劍？」我急著問。

勿生搖搖頭，示意我別急。

「王繼雄雖然平日不用這把劍，可是真正到了上陣之時，他會帶上，共佩兩把劍。他身材高大，左右兩劍佩戴起來，十分雄武。」

王延稟起兵，開始很順。到了福州，和王繼雄分兵，自己攻西門，王繼雄攻東門。

「當時我們兵力占優勢，王延鈞手下又沒有什麼勇將。有個叫王仁達的，是比較出色的。」勿生說：「我們在東門攻打，把王仁達的樓船燒了很多。所以看他自己搭了一條小船來投降的時候，王繼雄大喜。」

算算勿生說的時間，我娘還沒死，我那時才十一歲，還小。這段經過在以前跑堂的時候也沒聽過，讓我很入迷。

「可王仁達提了一個條件，說他是一個人來，也要王繼雄一個人上船去受降。他沒帶兵器，所以王繼雄也不能帶兵器上船。」勿生說。

我聽得心有點怦怦跳。

「當時他身邊有三個親近的人，一個是我、一個叫袁照，除了武功，會些法術；還有一個是瞎子，叫古岩，他用一把金錐，身手很好，也當軍師。」

我先叫起來：「我見過那個瞎子！」

勿生倒沒覺得如何：「我聽你說在路上發生的事，就知道你遇過他了。」

「那你說的袁照，就是現在智覺寺的方丈？」我再問他。

勿生點了點頭。

「然後呢？」我急著問他。

「王繼雄一聽，就同意了。我和古岩都竭力反對，怕小舟上有伏兵，他自己空手前去有險。但袁照和他站同一邊。」

「是嗎？他們是怎麼想的呢？」

勿生冷笑了一下。「王繼雄是心急。他和他父親分別攻打兩門，如果他先讓王仁達降服，那就立了不世之功。他有兩個弟弟，雖然他是長子，還是想獨得他父親的歡心。」

「袁照又怎麼說的？」我問。

「袁照說，王審知當年去追剿一夥盜賊的時候，也這麼收服過他們。所以王繼雄如果也這麼做，那是效法乃祖之風，更可傳為佳話。」勿生說道，聲音低了下來。

「然後呢？」

「然後王繼雄就解下了他兩把佩劍交給我，自己上船了。」

「然後呢？」

「然後船上伏兵齊起，一轉眼就刺死了王繼雄，割下了他的頭。」

四六 開鋒

眼看王仁達割下王繼雄首級那一刻，王繼雄這一邊就軍心大亂。接著王仁達飛船回城，把王繼雄的腦袋掛上了西門。

正在放火攻城的王延稟，本來攻勢正順，突然看到自己愛子的首級高掛牆頭，摔倒在地，痛哭出聲。

「兩個人都愚蠢。王繼雄空手登船，愚蠢！王延稟看到他兒子腦袋就手足無措，愚蠢！」勿生嘆了口氣：「如果王延稟當時鎮定，親自擊鼓進軍，為兒子復仇，三軍同仇敵愾，福州還是會拿下的。」

上下將兵看王繼雄已死，主帥王延稟又痛哭摔倒，士氣瞬間崩潰。王仁達此時又帶兵殺出，全軍敗亂。

勿生上岸的時候，已經是兵敗如山倒。敗退的一方，在黑夜中亂成一片，追擊的一方，盡情趕殺。人馬嘶鳴，血肉橫飛。

勿生和其他人離散，在亂軍中只能盡力衝殺自己的血路。

「還在船上的時候，我本來是打算扔掉王繼雄的兩把劍，拿自己的劍殺出去的。」勿生說：「結果到了岸上，我發現不對。手裡拿的東西不對。不知怎麼，我手上拿的竟然是阿鼻劍。」

說著，他嘴邊浮起一抹微笑，好似自嘲。

「一把又重、又沒有鋒刃的劍。」他說：「我只能想，鈍劍總比手上什麼都沒有好。」

然而，勿生卻也在那個血腥的夜裡見識到了什麼是阿鼻劍，也發現了阿鼻劍和他特殊的緣分。

「我殺了第一個人之後，發生了變化。」勿生說。「阿鼻劍砸飛那人的頭盔，擊中他腦袋的那一刻，即使在萬軍嘶喊中，我仍然聽到『咚』一聲好似空心木頭發出的聲音。」

那人的血和腦漿濺了出來。

「我順勢朝他身上又砍了一劍。」勿生回憶著那個場景，眼神有些迷離。「很奇怪的事情發生了。」

「什麼事？」我急問。

「那一劍把他身上的皮革切開了。」勿生停了一下。「我發現，劍開鋒了。本來是鈍劍無鋒，突然鋒利起來。」

接下來，照勿生跟我說的，這件事情對他的意義，不只是在那惡夜中多了一把利劍，可以殺出重圍。

更要緊的，是他突然感到一陣狂喜。還有，隨著狂喜而來的好奇。

怎麼會王繼雄拿了那麼多年，從來只是一把黑黝無光的鈍劍，怎麼到了他手裡會如此？這是怎麼回事？

那接下來還會發生什麼事？

「還發生什麼事？」我迫不及待。

「發生了很多事。」勿生說。

在那火光中劍盾相擊、殺戮慘號不斷的夜裡，勿生很清楚地感受到隨著他殺第二個人、第三個人，一路下去，劍鋒越來越加鋒利。並且，和盾牌、和其他刀劍撞擊的時候，發出的聲音也一直在改變。

「啊？」我張大了嘴巴。

「本來是空心木頭的聲音，後來逐漸變成實心，再逐漸變為精鋼之聲，最後出現一種我沒法形容，只有你聽到才知道的聲音。」勿生低沉地說。

那天晚上，他就這樣，與其說是在保命而殺出一條血路，不如說是在越來越好奇，也越來越享受阿鼻劍一路在他手裡的變化。

劍鋒銳利的變化，撞擊聲音的變化，還有，斬殺人體感受的變化。

「在那黑夜和火光之中，殺前面十個人，說來還都是求生、本能的反應。」勿生說：

「但後面不是。」

我安靜了一會兒，問他：「那是什麼？」

「越來越是享受。」勿生簡短地回了一句，沉默了許久，才又接道：「我發現我不再是要奪路而逃，也不再是為了拚命而殺。」他聲音逐漸高昂起來：「我是在享受那一路的斬殺。我逐漸在興奮，怎麼有如此多人馬可供我盡情擊殺。」

我回想起殺王風那一夜，劍鋒逐漸斬斷他頸椎的感覺，一陣顫慄。

「在戰場上衝撞砍殺，是很耗氣力的。可是那天晚上我一點也不覺得累。砍上再重的盔甲，砍上再硬的盾牌，我都覺得可以砍穿！」他的聲音幾乎可以讓我看到那夜裡的情景：「其實，到後來我也根本不在乎殺的人是哪一方了。不論到底是王延鈞那一邊的，還是王延稟這一邊的！」

我屏息靜氣。

「天地無情，斬殺卻可以如此盡情，我覺得自己可以逐漸飛騰起來。」勿生的眼神真的像是可以飛翔。

由夜至明，匆生在第二天中午，進入一座山裡。

四七 封劍

勿生一路殺出來之後，摸不清路，只想往深山裡走，先躲過王延鈞的追兵。他越走越高、越走越深，直到天黑之後，才在森林裡看到一盞小光。

「我摸黑過去，是一座小小的破廟。廟口有塊木牌，上面有著剝落的毛筆字：智覺寺。」勿生說。

一燈如豆的光，來自廟後一座小屋。勿生走了過去，屋子的窗開著，一個老和尚在書寫什麼，抬頭和勿生對望一眼，絲毫沒有訝異之情。

「我覺得很奇怪。當時我提著一把血淋淋的劍，渾身也都是血。有別人的、有我自己的，什麼人看了都會覺得見了鬼。但是那個老和尚看我，就和看到一隻鳥飛到他窗前沒什麼兩樣。」勿生說。

事實上，也正因為老和尚的澄然淡定，突然使勿生也安靜下來。

「本來我耳邊一直響著人馬慘嘶、刀劍交擊的各種聲響，自己處在亢奮之中。」他說：「他那一眼，倏地讓我一切寂然。我突然感受到夜風吹在身上的感覺，也才聞到身上無以復加的腥臭，不由得噁心，開始嘔吐起來。」

老和尚起身，從櫃子裡拿出一套僧袍，放在窗沿，跟勿生只說了一句話，廟後有條小溪，可以去洗一洗，換一下衣服。

勿生照他說的做了。

在月光下，他脫去了所有的東西，上下清洗。「這又發現一件奇怪的事。」勿生說。

「什麼事？」

「我發現身上多了幾處極深的傷口，都該是要命的傷口，但是很神奇的是，傷口就像有人治療過，所以痛歸很痛，但沒至於讓我送命。」他說：「我一面洗，一面奇怪這是怎麼回事。」

他不說，我好像也隱隱覺察到什麼，心底一陣震動。

勿生說，他洗好，更好衣之後，回去小屋找和尚。才進了屋子，就倒地而睡。

勿生睡了兩天醒來，又住了幾天。

老和尚沒和他說話，勿生說他也不想說話。除了在一起吃點什麼，和尚白天在廟裡誦經做功課，勿生就在山林裡發呆。

他沒想阿鼻劍，也不想再看到阿鼻劍，就一直收在和尚屋子裡。

有一天，他想到山下應該比較平靜，該是可以回去的時候了。這時他心情一陣翻動，也聽到屋子裡傳來錚然的劍鳴聲。

「我吃了一驚。正好看到和尚過來，衝口就問他這是怎麼回事。」勿生說：「我沒跟他說是什麼事，他也就平平靜靜地回答我了。」

「他怎麼說？」

「他說，你的劍準備要和你回去，欣喜著呢！」

啊？我聽得瞪大了眼。

「可是，忽然，在那一剎那，我感到一股莫名的恐懼。我嚇到了。」勿生說。

我屏息聽他說下去。

「突然，那天夜裡的斬殺、血腥，都回來了。還有，我那種越殺越趁手，越殺越性起，恨不得天下萬物可供我殺的感覺都回來了。我也想起那把劍本來的樣子，後來我用的過程！現在它準備要和我回去欣喜著！這是要跟定我了！」勿生說。

我聽得快喘不過氣。

「我感受到那把劍裡有一種妖氣，魔氣。我本來就知道自己易怒，急躁，甚至還錯殺過人！現在再有這麼一把妖劍，魔劍！」勿生說：「我覺得自己像是一隻陷入蜘蛛網裡的小蟲！」

勿生說到這裡的時候，我似乎仍然看得到他臉上的慌亂。

「我是因為錯殺了人，而走了這一趟。可如果我繼續拿這把劍在手，我根本不知道接下來還會錯殺多少人！」勿生說，「我學的可是名門止派的摩訶劍！我不能叫殺人八百萬的黃巢附身啊！」

勿生的眼神幽幽。

「那一刻我不知怎麼就向老和尚跪了下去。」勿生說。「大師救我。」

我跟著心情一陣激動。我也想起在那個山上見到地藏菩薩像跪下去的一刻，那是一個人澈底無助的時刻。

勉強控制心情，我問他：「那老和尚知道是怎麼回事嗎？」

「他當然知道。從他第一眼看到我，看到我手裡拿著阿鼻劍就什麼都知道。」

那天，老和尚跟勿生說了很多。

老和尚說，他知道這把劍的身世。這把劍的確在黃巢殺人八百萬的時代出現，但不是黃巢自己用的。最早，是跟黃巢一起打天下的一個人所有。本來，他覺得黃巢有新開天下的大志，但看到黃巢血洗長安之後大失所望，就離去。他留下了那把劍，但從此劍鋒就鈍了。

「老和尚跟我說，阿鼻劍的劍鋒可鈍可利，它的用途也可正可邪。可以把阿鼻劍當做一把魔劍，所到之處，如同阿鼻地獄。但是也可以把阿鼻劍當做地藏菩薩的願力之劍，所到之處，渡脫地獄裡的悲苦有情。讓別人覺得那是地獄裡的一道光亮。」勿生說。

「是正是邪，成佛成魔，都看和這把劍有因緣的人怎麼使用。」

我聽得血氣激動。「老和尚怎麼知道這麼多？」

勿生點點頭。「他沒說。我隱隱約約地猜他是不是最早用阿鼻劍的人，後來遁入空門。」

「那他說你該如何是好？」我問。

「老和尚跟我說，這把劍和我的緣分，顯然非同一般。」勿生說：「但是我要判斷，我到底有沒有能力把持住自己、控制住自己的殺氣，不要被阿鼻劍的魔性控制。」

我繼續聽著。

「我告訴他，我本來就嫉惡如仇，先前錯殺了人來閩國的經過。我也記得那天夜裡有多麼享受一路無止境的砍殺。所以不必多想，我就知道自己沒法控制。」他說。

「但是你能想這麼多，是很清醒啊。清醒就能控制啊。」我急急接道。

勿生苦笑了一下，「我相信，我清醒是因為我和那個老和尚在一起。但人家不可能一直跟著我。」

聽了勿生的回答後，老和尚說那也好。那就做一件事。

「他說，你就找個地方，沒有任何人知道的地方，把劍封存起來，永不再用。」勿生說：「這是他告訴我的話。」

「所以你就埋到了山上？」我問。「就是這次你要去找的地方？」

「對。」勿生點了點頭。

我鼓起勇氣，問了他一件事：「你到底發生了什麼事，這次要來把劍再找出來呢？」

勿生沒有直接回答我：「老和尚還跟我說了一件事，我沒做到。」他沉吟了一陣，接著說：「他說，我不能把我封劍的經過告訴任何人。」

我等他繼續說。

「可是我回去之後，有一天還是把這件事情告訴我師父了。」勿生說：「他問我經過，怎麼逃出來的。我不能隱瞞自己的師父，也覺得問心無愧，就把事情跟他說了一遍。」

「發生了什麼事嗎？」我問。

勿生長嘆一口氣。

我又等了他好一會兒。勿生才又接道：「我從沒意料到，他會對這把劍起了興趣。」

我覺得像被雷打到。「你是被他傷了？」

「不是。我說的是七年前我回去的時候。」勿生說：「他不只試探過一次，問我要不要回來找一下阿鼻劍。」

我聽他說話的聲音越來越低。「我沒答應。從此他對我態度就不一樣了。以前他總愛誇獎我，說我不拘一格的靈活運用，給摩訶劍法添了新意。」勿生接著說：「可這幾年他就會說我不照規矩來，把摩訶劍法使得走樣了。」

接著他又說：「這兩年我出來的時間比留在莊裡的時間多，有一個原因就是，我想啊，也許少見到我師父一些也比較好。」

我還是再鼓起勇氣問他一次：「那這次是出了什麼事？你怎麼受傷的？」

勿生還是沒回答。

「那你現在要找出來重用，是有把握控制住這把劍了嗎？」我只好問他。

勿生神色一陣黯然。「沒有，一點也沒有。可是我也沒有其他路可走了。」

我雖然不知道他到底發生了什麼事，但是這一點看來也是事實。

「不過，很可能找到也沒有用的。」勿生說。

「為什麼呢？」我問。

「不知道。老和尚最後跟我說過一句話：你封起來之後，就算再找出也沒用了。除非你死了，否則是再也沒法用這把劍了。」

「這是什麼意思？」我問。

「我也不知道。」勿生說。

那天晚上，我想到問他的最後一句話是：「對了，那個老和尚長什麼樣子？」

「很瘦很瘦，有兩道灰眉。」

四八 七天法會

七天法會，我和勿生只去看了最後一天的好戲。

閩國除了王審知治國儉約，他接位的幾個兒孫都荒淫奢華，除了有好佛之名，也都對神仙之術著迷，寵信道士。

所以長樂府內，幾任皇帝不是為自己的愛妃，就是為了道士，新建了不少宮殿。

王延鈞對一個道士陳守元言聽計從。王繼鵬殺了他父親之後，繼續把陳守元奉為國師。直到朱文進他們又殺了王繼鵬，擁立王延羲的時候，陳守元才一併死於亂軍之中。可是等王延羲就位，他身邊最得寵的道士，叫劉無為，也是陳守元的徒弟。

王延羲慶祝就位的七天佛道聯合法會，佛家這邊以圓慧為主，道家就是劉無為。法會地點就在水晶宮外。

水晶宮是王延鈞為他一個愛妃建的，依傍在一個湖旁。宮的外觀選用上好玉石砌成，遠看晶瑩。殿頂飾以五彩琉璃，光輝閃耀。聽說宮內使用的器皿，莫不是水晶、琥珀、瑪瑙珍奇之物所造。

法壇分佛道兩座，都高約十丈，與水晶宮等高。宮牆和兩座法壇之間，空中分別再搭建空橋。兩座法壇之間，有一棵枯樹。兩座法壇之下各有道士、和尚，之外再圍有重重衛兵。

道家這邊的法壇，上去的梯子每一階都立著一枝枝尖利的刀刃。那天是晴天，陽光下，刀刃的光芒老遠就閃動著。劉無為赤腳攀梯而上，每上一階，壇下的弟子和群眾就一陣歡呼。劉無為留著兩撇長鬚，看來不似上了年紀。

佛家這邊的法壇，上去的梯子每一階都繫著一條細線。如果不是彩色，幾乎目測不出。圓慧法師上梯有若飛升，每一腳都才踏上細線就立即騰高，冉冉而上，線線不斷。壇下誦經的和尚都合掌當胸不語，但群眾也是看到每上一階就歡呼。

「不知道他何時輕功練得這麼好了。」勿生跟我說。淨音和另一些和尚一直陪著我們，回頭看他們，都微笑不語。

圓慧看來個子不高，一身灰衣僧袍，顯得膚色黝黑。遠處看不清面貌，但是以那麼矯捷的身手來說，也應該年紀不大。

最後一天的法會，佛家這邊以誦經為主，道家那邊則在做各種法事。壇下，善男信女的徒眾，不斷膜拜頂禮。水晶宮的宮牆之上，則冠蓋耀目，身著黃色龍袍的新皇帝，也不時隱約可見。

下午，來到最後的祈福儀式。

先是道家這邊，劉無為在高壇上持一拂塵，率壇下弟子齊立。他口中唸唸有詞，從懷中拿出一張黃紙，用拂塵上下指點了幾下。那黃紙驀然著火，劉無為輕輕一吹，飄然而下。因為晴天，那天也無風，就看那黃紙帶著火光往兩座法壇中央的枯樹悠悠下降。剛才雖然也聽到一二人低呼出聲，但全場靜默齊觀。

燒了一半的黃紙飄到了枯樹枝上停住，火也熄掉。劉無為和所有弟子依然唸唸有詞了一陣子。大家依然屏息無聲。

「開！」劉無為終於朗聲喝了一句，拂塵指向枯樹。

一幅奇景出現，原來在冬日枯乾的老樹，突然有一枝慢慢冒出嫩綠樹葉，樹葉之中，又冒出幾朵色澤不一的鮮花。

全場轟然，歡聲不歇。冬日枯樹生花，道家為閩國祈福成功。我看水晶宮牆之上，也是人影晃動，彼此相慶。

我也看得目瞪口呆，問勿生這怎麼回事，他笑了笑：「這些道士的花樣多了。」

過了一會兒，聽到引磬聲響。這是輪到佛家要祈福了。全場又鴉雀無聲。

這次壇上的圓慧法師並沒有起身，他從登壇之後就一直保持禪坐之姿。壇下的僧侶也都保持無聲，只是合十閉目。連我們身旁的淨音等和尚也都跟著如此。

有一盞茶之久，全場寂然，只有不時這裡那裡咳嗽之聲傳來。

我東望西望，想這道家露了這一手，佛家會怎麼樣呢？會不會大晴天來一場瑞雪？抬頭看看天空，雖然逐漸近黃昏，還是晴朗得很。

突然，有人驚呼，再更多人跟著。我隨著望去，看到又一個奇景。剛才枯樹生花，現在竟然有一大片蝴蝶從花中飛起，盤繞著枯樹不去。全場所有人都又叫又笑又跳起來，地面都有些震動。

「和尚也會這些啊？怎麼比道士還厲害？」我驚奇地問勿生。

他笑起來，搖搖頭：「問他們啊。」

我望向淨音他們，淨音還是矜持地微笑不語。

這時宮牆之上鼓樂大作。顯然皇帝龍心大悅。接著兩邊法壇通宮牆的空橋上都有一排身著官服的人碎步快走而來，分別接引圓慧和劉無為過橋，前往皇帝那裡。想必去接受賞賜了。

又接著，兩邊空橋上都走上了彩衣宮女，隨著鼓樂聲曼步歌舞。隨著歌舞，又朝壇下的群眾撒下金紅青綠，繽紛的彩物。爭搶的人衝擠混亂，我這才看出法壇底下分別守著衛兵是怎麼回事，不然法壇就給擠垮了。

那天的法會直到傍晚才算結束。

天黑之後又另有一波高潮。水晶宮上張燈結綵，燃起了熊熊的金龍燭，宮畔的湖上也泛起龍舟，舟上燈火輝煌，笙歌不斷。

當真是新皇登基，普天同慶。

只是王延羲的龍位也沒坐多久，五年後就又被朱文進給殺了。不過那是後話了。

四九 智覺寺

長樂府七天法事結束後，我們終於去智覺寺了。

智覺寺，真在一座很深很深的山裡。

可以想像勿生說之前只是一座小廟，因為平常人不會上去。也正因為如此，現在看到這麼高的山上能有如此規模宏偉的寺院，連棟的大殿，更覺得可觀。

「不是皇帝寵信，沒有皇帝的賞賜，支撐不起吧。」勿生走在山徑上，聽了我的話回道。

陪我們的和尚，還是淨音帶頭。他們當做沒聽到勿生的話，引路的引路，殿後的殿後。

進寺之後，發現果然是新建。大雄寶殿的木料、漆色，都可以看出啟用沒有幾年。

勿生說能不能帶去看一下當年最早的那間廟，淨音爽快地又帶我們往寺後的山上走了段路，終於看見。

這一間就可以看出歲月留下的斑駁，只是現在已經改作別殿。

勿生要找廟後的小屋，說是早就拆除。他問之前的老和尚，則說沒有人見過。

於是他說要進這個別殿禮佛，靜坐一會兒。淨音立即要沙彌等準備好。

我等在外面，看著暮色逐漸深沉的山林，想像當年勿生如何死戰得脫，一身血腥地帶著阿鼻劍上到這裡，遇到老和尚那夜。

這次他又回到這裡？找得到他的劍嗎？架得住各方人馬的覬覦嗎？今晚圓慧方丈會不會就要見我們呢？

淨音來催用藥石的時刻到了，勿生才起身出廟，和我去用了晚膳。

那天晚上方丈並沒有找我們。淨音安排好了寮房，也就一宿無語。

可很奇怪的是，第二天方丈也沒有找我們。第三天也沒有。

連續兩天，我都在寺裡四處走動，參觀僧侶做功課、日常灑掃，好幾百人的大寺院，井井有條。

勿生大部分時間都沒有出來，除了用膳，他都留在房間裡。不像在長樂府那幾天，我沒事就直接闖進他房裡，到了山上，在這麼清幽的環境裡，連咳嗽一聲都會驚動人，我也就少去打擾他。

第四天，用過午膳，我跟他一起出齋堂，低聲問了他一句：「要不要回去啊？」

勿生佇足，反問了我一句：「回去哪裡？」

我一愣的當兒，淨音過來：「兩位施主，今晚藥石過後，家師想要帶兩位出去看一下山上的夜景。先行稟報一聲。」

勿生回道：「那太好了。我這位兄弟正覺得無聊了。」

可能是知道晚上有事，那天晚膳我用得很少。結束之後才剛回到寮房，就有小和尚過來，說方丈要請我們上山。

要出門前，匆生拉住我，神色凝重地跟我說了句話：「有件事，等一下你一定得聽我的。」

我奇怪他為什麼說這話。我一向都是聽他的啊。

「今天晚上不論遇上任何情況，你都不能插手我的事情。」匆生頓了一下：「說明白一點，你任何情況都不能出手幫我。」

這我聽得奇怪了。「可是你如果像上次一樣受了傷呢？那我總可以吧？」

「不行。」匆生說得很堅決：「任何情況都不行。」

他眼中閃過鋒利的光芒，我從沒見過的光芒。我也不知說什麼才好，就點了點頭。

「這才是我的好兄弟。」匆生笑了一笑。

我們這一陣子已經十分熟稔。但就像當初聽到他說「我們去南方吧」，因為「我們」兩個字而興奮，我又為了他說的「兄弟」而飛揚起來。

他說什麼，一定有道理吧。

我們出去院子。站了兩排和尚，一邊七人，手裡都打著一盞燈籠。靠近我們這頭，淨音單手問了個訊。

而靠近門那頭，立著一個人。就著燈籠的光，還是可以看出那就是圓慧。這時圓慧不在高壇上，也沒有轎子抬著，顯得格外矮小。他除了黝黑之外，年紀並不大，看來比勿生大不了多少。

圓慧戴著僧帽，圍著一條護頸，雙手也拱在袍袖裡。等我們走近，他說：「今年到現在還沒下雪，看來今晚是要下了。」沒有寒暄，沒有客套話，好像時常來往的朋友，直顯得親暱。

勿生則是問候了一下。「多年不見，沒想到當年的袁照在圓覺寺成了住持方丈。」

「好說好說。」圓慧打了個哈哈：「當年我一路找你，終於找到這裡的時候，就差了那麼兩天。」

「找我做什麼呢？」勿生問。

圓慧又微笑。「那天夜戰之後，建州投降的兵不少人說是看到你拿阿鼻劍的威風。我也看了幾具你殺的那些人的屍體，那可不是鈍劍所傷。當然得找你問問怎麼回事。」

勿生反問道：「是嗎？建州投降的兵？那你呢？怎麼還有辦法去翻看那些屍體啊？」

圓慧沒有接話：「總之，找不到你，後來我就出家了。」

「那你還真有本領。不但出家成了和尚，還會了一身法術。」勿生說。

「哈哈哈……那是障眼法。」圓慧笑的聲音很爽朗，和他黑黝瘦小的樣貌大不相同。

「大和尚怎麼也搞起障眼法？」勿生淡淡地問。

「色即是空，空即是色。障眼法是非法，也是非非法。」圓慧又哈哈一笑：「一切都是方便法門。」

寺外山林在一片黑暗之中。淨音等和尚已經快步趨走，在前面、旁邊引路了。這天夜裡沒什麼月色，也沒風，只有深沉的陰寒。

逐漸我看到兩排燈籠上分別有字。一邊是「普渡眾生越苦海」，一邊是「同開覺路濟慈航」。燈籠上鮮紅的字，襯著濃濃的夜色格外鮮明。

五十　眾生眾生

圓慧方丈很健談。一路走著，一路介紹山景沒停話。

勿生則一路都沒怎麼開口，只是聽著。

我們再往上走，有一處岩壁。

岩壁前，有一塊空地。黑夜裡，也可以看到露著一大片樹根。空地之後，一片叢林。

「施主請看，這一大片地上的樹，都被貧僧砍光了。」圓慧指了指那一片露著樹根的空地。「當年只知施主封劍此山，但雲深不知處。貧僧本來想用個笨法兒，愚公移山，把整座山全砍光，掘土三尺。」圓慧呵呵地笑著，好像在講煮一頓飯的事。

「你怎麼知道我封劍此山？」勿生打斷他問道。「你見過原來的老和尚？」

圓慧微笑答道：「沒有。不過見到一個樵夫，跟他打聽到看過你來智覺寺，又穿著僧袍下山。不留在這裡留哪裡？」

勿生接道：「所以咧？」

「後來我想想，用守株待兔的法兒可能還更便利些。」圓慧停下腳步，看看繞在我們身邊的和尚：「也不必為難這些弟子和下人。」

「所以你就等了我七年？」勿生終於開口。

「是啊，解鈴還需繫鈴人，尋劍當然也需封劍人。貧僧相信勿生施主總有一天回來找劍。」圓慧輕鬆地說著：「所以前一陣子聽說施主離開了摩訶劍莊，就老早準備派人迎接了。」

接著他笑了一下：「接下來，是否就請勿生施主指點迷津，開示阿鼻劍到底是藏在哪裡？」

勿生也哈哈一笑。「方丈大師，好說好說。冬寒陰濕，卻怎麼還有這麼多旁人也感興趣？」

圓慧的笑聲更拉高了一些：「勿生大護法好耳力。各位就請現身吧。」

樹林之間，閃出一些人影，有一個光頭，有頂怪形怪狀的冠，有個圓滾滾的身形。光在燈籠下，還是立刻看得出正是女惡、血惡、食惡三人。

我心一跳。

勿生倒是很平靜地朝圓慧問道：「請問這三位是不速之客，還是？」

圓慧沒有答話，反而是食惡回話了：「勿生大護法，上次我就說過了。我們人多，朋友也多。這一趟我們是送客，圓慧大師是迎賓。不然你們兩位怎麼到得了這裡？」

我吃了一驚。那天淨音來跟我們示警，沒想到他們竟然跟十八惡道是一夥的。我轉頭看向淨音他們。「普渡眾生越苦海」、「同開覺路濟慈航」的燈籠已經四散，斷了我和勿生的後路。

「真是同開覺路，覺到和十八惡道在一起了。」勿生輕笑。

圓慧打了個哈哈。「普渡眾生越苦海。一視同仁。」接著他說，「今晚好像還有一位貴客，何不一同現身？」

黑夜中，林間果真又走出一個人影。

隔著一段距離，逐漸看清是一位身形瘦長的老人，手裡提著一個長條包裹。

勿生的身體抖動了一下。

「阿彌陀佛。」圓慧唸了句佛號，聲音沉穩深厚。他黝黑的臉上，神情十分柔和，朝向那位老者。「不知這位施主又是何人，有此興致半夜登山？」

老人的聲音簡潔有力：「摩訶劍莊方禮。」他的聲音清亮，不像年過花甲，聽來如在耳邊，顯然內力深厚。

他這一說，除了勿生，現場一片驚愕聲。

「方掌門人駕到。」圓慧一面合十問禮，一面望向勿生。「這陣子才聽聞勿生大護法離開摩訶劍派之事，沒想到事實不然？」

「什麼然不然？方掌門人已經把我逐出摩訶劍莊。我們已經沒有師徒之分了。」勿生冷冷地回道。

即使心裡有底，聽到勿生頭一次當眾認了此事，我心裡仍然甚覺震動。

圓慧深深地哦了一聲：「阿彌陀佛。原來如此。」接著說道：「所以方掌門人千里迢迢，也是為了貧僧在尋找的東西而來？」

方禮嗯了一聲。「剛才略有所聞，不過今天另有目的。」接著他對勿生開口了。

「勿生，我來是找你回去。」

勿生笑了一聲。「方掌門人，不敢當。找我回去？你不怕鎮國公啦？」

「我想到了一個解方。可以回報鎮國公。」方禮說。

「噢？請問是什麼解方？」勿生問。

「你願意聽的話，可以過來聽我說幾句。」方禮說。他的眼神精亮，一面說著，一面把在場的人都打量了一遍。看到我的時候，他問道，「聽說有人救了你，就是這位小兄弟吧。你貴姓？哪裡人啊？」

堂堂摩訶劍派掌門人，在這麼多人面前問起我，讓我渾身發熱，興奮又羞臊。

「鄱陽人。姓平。」我有點結巴地回道，都忘了說「免貴姓平」。

勿生沒有想過去跟他說話的樣子。「有什麼解方，還是請方掌門人想說的時候再說吧。現在我先讓方掌門人滿足一下好奇比較要緊。」

然後他轉向圓慧。「喏，不說廢話，說劍吧。你不是一直想知道阿鼻劍在哪裡？想知道嗎？」勿生說道。

「阿彌陀佛，倒不知道匆生施主當真願意說了。」圓慧合十一禮。

天空中，有雪花慢慢落下來。

五一 劍的因緣

「現在約莫是幾更天了？」勿生轉頭問淨音。

「快二更了。」淨音回道。

「你和我高矮相仿，過去到那裡。」勿生轉頭，朝向淨音說。他指了指那塊岩壁：「站到那塊大石頭那邊。」

淨音走了過去。

「圓慧大師，你法術高強，現在能不能叫月亮出來啊？」勿生說。

好像是女惡的聲音，尖尖地嘲笑了一下。

「施主這是有何用意？」圓慧說了一句。

我心裡想：圓慧自己都承認前兩天是障眼法，不知勿生還問他這個做什麼。

「那月亮出不來，我可沒法告訴你阿鼻劍在哪裡。」勿生淡淡地說。

燈籠的光下，圓慧微皺起眉頭：「這又怎麼說呢？石燈籠不也照得到？」

「月亮是定方位的。」勿生說道。「那今晚是找不到了。」

圓慧哈哈笑了起來：「那也不急。今晚沒有明晚也會有。智覺寺可以請各位再多……」

他的話沒有說完。因為就在原本一片黑暗，還有著零星幾片雪花降落的夜空中，出現了一抹光暈。

真的有一角月亮出現。

山中靜默了一會兒。還是勿生先說話了。

「有了月亮就好。現在你就朝月亮的方向走兩百步。到了就停。」

站在大石頭前的淨音起步。

大家也都跟在他身後，慢步走過去。

淨音一步步數著，走過那大片只剩樹根，被掘地三尺過的空地。

最後，他的腳步落在正好空地盡頭的一排樹林下。

勿生停在一段距離外，卻輕聲笑了起來，逐漸笑聲越來越大。

「天意吧。」他停下了笑聲後，說道。「你們就在那兩棵樹底下挖挖看吧。不用掘地三尺。」

「就在這裡？」圓慧的聲音有些冷冰冰的。而淨音他們已經放下了燈籠，開始用些工具挖起來了。

「袁照啊袁照。你都已經皈依佛門，是個出家人了，起碼應該知道因緣兩個字怎麼寫了。」勿生說道：「你當年砍了這麼多樹，掘土三尺，竟然只要再掘一步就會找到劍，你卻砍到最後一步停下來。現在應該知道你和這把劍沒有緣，不該有想頭了吧？」

夜風中，燈籠的光影不定，圓慧的臉色也不定。接著他也哈哈大笑起來：「好說好說。等了七年，等到你把劍找出來，依然是我的機緣。」

「那也說不定。如果等到你真的明白阿鼻劍和你沒緣，你就可以放手了？」勿生問。

圓慧只哼了一聲，沒有答話。

勿生朝向三名惡道，和方禮等人。「各位呢？各位如果發現和此劍沒緣，是否也就算了，不做妄想？」

我看勿生還是認定方禮是來看阿鼻劍的，但不知道勿生說的機緣是什麼。等一下劍挖出來了，誰的本領大搶走不就是誰的？他不趕快盯著淨音他們挖，一直在說這些做什麼？

其他人大概和我想的一樣，沒有人理勿生，精神都在淨音他們身上。

也就在此時，聽到淨音一聲：「有了。」

圓慧其他弟子快速護住淨音。三個惡道擋開方禮。圓慧則一個箭步衝前，站到了淨音身邊。

「師父，你看。」淨音的聲音中傳來掩不住的欣喜。

只有勿生沒動。他還是站在不近不遠處。臉上似笑非笑，摸不準什麼神情。我都真急了。我們花了這麼大精神來尋劍，他怎麼一點都不急？我自己都想衝向前了，可是想到他跟我說，今晚我怎麼都不能動手。

淨音他們沒再出聲。圓慧彎著的腰也一直沒站直。好一陣子。

又過了一陣子，淨音等幾個徒弟散開，圓慧站起身，轉過臉來，十分鐵青。他望著勿生，剛才一直帶著的雲淡風輕不見了，只有冰冷的一句話：「這是怎麼回事？」

五二　拿不起來

「拿不起來？」勿生問道。

拿不起來？我聽不懂。

只見圓慧的所有弟子都圍了過去，繼續拚命地拉拔。

「看來是拿不起來了。」勿生又說了一句。

這次不是圓慧答話，是女惡搶了一句：「拿不起來？什麼話！」說著他跳了過去。所有的人都望向他。圓慧和弟子也沒有阻攔他。

女惡彎下腰。

好一陣子。

他也站了起來，手上什麼也沒有。

接著，食惡的眼睛在咕溜溜地轉，問血惡：「你要試嗎？」

血惡搖了搖頭。

食惡自己走過去，探了一下，就起身說了一句：「邪門。」

「給我們方掌門人試試如何？」勿生朝圓慧說道。

圓慧無可無不可的樣子。

「方掌門人，請。」勿生說。

方禮輕搖了下頭：「我說過，今天我不是為了這把劍而來。」

勿生看了看我。「那你去試一下吧。」

我心裡大喜。有千年赤蔘給我長的內力，我早想一試。這就也過去了。

在樹下，一個沒挖多深的坑裡，躺著一條黑黝黝的東西。燈籠的火光在旁邊搖曳，越發顯得形狀詭異。

因為已經先知道了那是一把劍，所以倒也看出像是劍身的地方。但是正如勿生所說，劍身十分寬大，底部比我的劍要寬了將近一倍。劍柄不只不成比例的大，在明暗吞吐的火光中，我隱約看到像是一個人頭，面目隱約可見。在夜風裡，我打了個寒顫。

我伸手握住了劍柄。觸感不像金鐵，卻也不是木頭，很涼，但還不到冰冷的地步。我握緊，一提，卻發現果真是怎麼也提不動。那劍就像嵌在地裡，分毫不動。

雖然已經看過前面的人的情況，我還是大駭。

這是怎麼回事？勿生的內功雖高，但這把劍怎麼說都不會是他提得動，我們這麼多人卻動不了分毫。

我再試了幾次，確定毫無機會之後，就放棄起身了。

大家都在看勿生。

「我說過。你就算看到這把劍，拿不起來，劍還是和你無緣。」勿生淡淡的話聲有些忽遠忽近。

圓慧哼了一聲：「那，就你和這把劍有緣？」

勿生站在那裡一動沒動，沒有要過來的意思。「不是。我早知道我拿不起這把劍了。從我把阿鼻劍封在這裡的那一天，我就切斷了和它的因緣。」在燈籠的光影下，他臉上閃過一抹淒然。

圓慧沉默了一會兒，說道：「我看，解鈴還需繫鈴人。施主都來了，還是試一下吧。」

女惡尖聲說道：「他……」話沒說完，望向食惡。

食惡嘻嘻一笑：「我們一起仔細看著勿生大護法怎麼拿劍就好。」他已經從袖子裡亮出了叉子。

燈籠把每個人的臉都照得晃動。

我看他們站的方位，只要一看到勿生拿得動劍，就會給他身上穿好幾個窟窿。

勿生動身，一步步走去。

我想跟上去，被淨音攔住。

「不用過來了。」勿生沒有回頭，跟我說了一聲。

他在圓慧和四惡道堆裡蹲下，伸手去拿劍，也只試一兩下，就站了起來。
忽然，在場的人好像都鬆了口氣，或者說，洩了口氣。
連方禮，我都聽到他嘆了口氣。
「我也沒辦法。」勿生說。他的聲音十分低沉。
「那你還來找劍做什麼？」圓慧冷冷地問道。
勿生靜默了一會兒。「也沒為什麼。反正天下之大，我也已經無處可去。」
圓慧喀喀笑了兩聲。「摩訶劍莊大護法，有一天也會認了自己無處可去啊。」接著他說了一句：「只是你有沒有想過，既然來不來都沒差別，可是你硬要來，還是會讓別人不大一樣呢？」
勿生緩緩問道：「怎麼說？」
圓慧側臉說了聲：「淨音，把今天下午收到的東西給勿生大護法看一下吧。」
淨音應聲走了過去。我也跟著走到了勿生身邊。
淨音從懷裡掏出一個錦盒，遞給了勿生，退開。
錦盒不大不小，勿生接過之後掂了掂，然後打開。我在旁邊也望過去。

盒子打開。

裡面是一隻手。

修長，白皙，拇指下方長著一根毛，像是一棵小草。

夜風吹在脖子上，寒澈全身，腳底。

燈籠的光影在晃盪。

「這是你們做的？」很長一段時間之後，勿生問了一句。

圓慧回道：「和敝寺無關，是這些朋友送的一個禮物而已。」他指指食惡他們。

風中有個燈籠熄掉，勿生的臉陷入了黑暗。

雪花下得大了些。

五三　不能插手我的事

「這是怎麼回事？」勿生朝食惡問道。

「上次說過啊，我們有十八個人，意見也會不太一樣。」食惡總是笑嘻嘻的：「有人覺得讓勿生大護法來閩國一趟也不錯，也有人覺得不該。所以我們有人送你來，有人就去看看到底是誰幫你來的。」

有段時間之後，勿生開口說話的聲音很平靜：「很好。那我們還是一起了結一下吧。」

接著他對我說：「你的劍借我用一下。」

我想說好，又想說不好，在掙扎中什麼也沒出口，還是把劍解下，遞了過去。

「弓也給我。」勿生說。

他要弓做什麼？我腦子有些麻木，沒來得及想太多，也交了過去。

勿生接過我的弓，噌一聲，抽劍切斷了弓弦。

然後他轉身朝向方禮說道：「我們師徒之情早斷。今晚的事，與你無涉。任何情況，我也都不需要你出手。如果你出手，我先死給你看。這一點你相信我是說真的吧？」

方禮默然沒有作聲。

接著勿生轉向惡道。「你們要哪個先上？」他說：「要一起也可以。」

剛才，和弓弦斷掉的聲音一起，我大叫了一聲。突然，他說那句「今天晚上不論遇上任何情況，你都不能插手我的事情」，我才真正明白了意思。

對於死亡，有兩種人。

一種是怕死的，一種是不怕的。

勿生是第二種人。

我從他第一次和女惡交手，像打蟑螂一樣扣擊，卻對自己一身空門渾然不覺，就見識過他的這個特質。

這天晚上，體會才更清楚。

這兩個月，勿生雖然調理恢復許多，但是要說真正動手，尤其碰上這麼多高手，時間一拉長，肯定還是精力不濟。

寒冷的天，我一頭汗水，有冷汗有熱汗。他明明知道我可以幫他一些，為什麼不讓我手上有點東西？

食惡笑咪咪地好像沒聽到勿生的話。

「不是為了女人嘛，我是盡量不動手的。」女惡細聲細氣地笑了一聲。

血惡倒是踱了幾步出來，還是講了些聽不懂的話。

女惡幫他翻譯了：「你上次趁我有傷，壞了我左手。這次讓我來會一會你吧。」

「隨意。」勿生說了兩個字。

血惡又抽出他那根細細長長的棍子，通體像是狼牙棒一樣冒著尖刺。

勿生也就在血惡的刺棍才亮出來，就已經出手了。

這是我第二次看他和人交手。

第一次已經看過他出劍很快的特色，這一次又更快。他劍劍搶先，一劍再接一劍，劍勢不走老就再換一劍。

血惡使那尖棍也是刁鑽古怪，封擋砍劈，靈活如刀。

兩人戰得不分上下。

我心裡很歡喜，為勿生專心休養，恢復了身手而高興。只是想到有三個惡道在旁觀戰，還有圓慧和他的徒弟，還有師徒情斷的方禮，心情很沉重。

這一會兒，倒也分出上下了。勿生還是占了上風，把血惡圈在劍影之內。血惡左擋右接，逐漸出現亂象。再一兩回，勿生趁著血惡一個空門，一劍刺向他的左胸，眼看無處可躲。

噹啷。

食惡跳進來，用他像叉子又像耙子的東西架開勿生這一劍。

血惡喘了口氣。

「好啦，接下來你可以自己料理啦。」食惡笑咪咪地收手，退回一旁。

我心裡嘀咕一聲「不要臉」，也在奇怪勿生怎麼沒再出手的時候，血惡先回攻了。就停了這麼一個當兒，雙方攻守易位。勿生出劍不再像剛才那麼快了，因而也全是血惡在搶攻，勿生逐漸落得只守不攻，越來越捉襟見肘。

我的心沉下去。果然，勿生畢竟沒有痊癒，真正和高手動手，一旦沒法以快劍制敵，時間拉長就不利。

剛才食惡解了血惡的圍之後就收手旁觀，顯然是已經料到這一點。

這下如何是好？對付一個血惡已經如此，旁邊還有這麼多人？

而我手上空無一物。

我覺得夜寒透體。

噗！

一個很奇怪的聲音傳來。

勿生一個踉蹌，斜地裡連退了幾步，歪了一邊身子。

雖然在夜黑之中，仍然可以看到他的臉色煞白。

接著他猛地吐出一口血，他的左脇也滲出了一片血紅。

剛才血惡的刺棍擊中了他。那噗的一聲是他手裡的東西連刺帶棍地砸碎了他肋骨。

五四　連續的聲音

「嗨～」

血惡舉起刺棍，又伸出他那尖尖細細、像蛇一般的舌頭，毫不顧忌棍子上刺尖的鋒銳，舔了舔刺上的血，發出了奇異的一聲。

我只記得最近第一口吃到西瓜的時候，發出過比較近似的聲音。

血惡嘰哩咕嚕地說了幾句話。

又是女惡幫他翻譯了。

「勿生大護法的血啊，太鮮美了。等一下我一定要一點一點地趁熱喝。」
「可以了。就到這裡吧。」方禮人影一閃，擋到了勿生身前。「有我在。」
正心亂如麻的時候，我鬆了口氣。有方禮出手，太好了。
血惡也慢慢退開一步。
「走開。」
風中傳來勿生帶著喘息的聲音。
他支撐起身體，站直了。他也慢慢舉起了劍，慢慢引劍到頸邊。他近乎一個字一個字地吐了出來：「我說過，你要出手，我先死給你看。我現在就一劍抹了脖子。」
他的眼中閃著一種奇異的光芒，像是憤怒，還有什麼別的。
他們師徒之間不知到底發生了什麼事，讓勿生決裂如此。
方禮和他對望了很有一會兒，深深嘆了口氣，往旁讓開一步。知徒莫若師，他顯然是相信勿生真會這麼做的。
接著，勿生朝血惡說了一句：「來吧。」
血惡倒還不相信的樣子，逕自望著方禮。
「讓開啊。」勿生朝方禮又說了一句。

方禮這才又退後了幾步。

血惡才看方禮讓出了地方，毫無間歇地刺棍倏地又朝勿生刺了過去。

勿生回擊。起初一兩劍還好，很快就完全不像剛才那種快劍，力道也不足，沒過幾個回合，只聽見比剛才更清楚的「噗」的一聲，血惡的刺棍又擊中了他左脇同樣的部位。

哐啷聲響，勿生手中的劍落地，人仰天摔倒。左邊身體的血大股大股冒了出來。

幽呼！

我聽到血惡快樂地發出一聲，他欺身上前，一棍就要朝勿生當胸砸下。

就在勿生還沒挨上第二棍的前一刻，我抽出了一把箭，攢在手裡衝上。女惡閃身擋住，揮刀斷掉，右手一刀朝我的咽喉疾閃而來。女惡彎刀帶起的閃光，幾乎無可閃避。

接下來的事，都快得說不清。有兩個聲音幾乎同時響起。

砰！

噹！

砰的聲音，是我被人一腳踢開，砰的摔在地上。

噹的那一聲，則是血惡眼看就要砸上勿生的刺棍，被震開的聲音。

我回過神來，看到從勿生手裡落地的劍就在不遠處，起身一個箭步過去撈到手裡。
勿生就倒在我附近，他又大口大口地吐了兩口血。
剛才踢開我的人，是方禮。
他要去救勿生，卻另有人擋開了血惡。

血惡，退在幾步之外。
他、方禮，和在場所有的人，此刻正都望向我們這邊。
勿生、我，還有站在勿生身邊的那人這邊。

黑暗中，那人全身黑袍、高冠，手裡有一把細長、亮著金光的長錐。

五五 誰都不許走

黑暗中的靜默持續了一陣，先開口的是圓慧。

「你也來了。」

「我也來了。」高冠黑袍的瞎子，慢慢地回道：「我能不來嗎？」說著，他朝我微微側首：「你看一下勿生的傷勢如何。」

我俯身看勿生。

我也這才注意到，原來剛才血惡一路和勿生交手，最後勿生倒地的地方已經是空地的邊緣，樹林的前沿，圓慧弟子挖出埋藏阿鼻劍土坑的地方。

他又吐了口血，左邊身子的血也不斷湧出，濕了袍了，也流到地上。

我要扶他。他搖頭，頭上也痛得都是汗水，只吐出了三個字：「別動我。」

瞎子聽了之後，說了句：「他說話聲音還行，挺得住。」

血惡出聲了。

女惡幫他翻譯說：「挺得住、挺不住有什麼分別，等一下還是會把他的血喝掉。」

黑袍人回道：「上次教訓你還不夠啊？」

這次女惡說：「上次你自己受傷還不夠嗎？」

黑袍人微哂一聲：「那是因為你突然從暗處偷襲。」

女惡說：「什麼偷襲，你看不見怪誰。」又說：「那這次我們可有三個人在這裡了。」

黑袍人沒理他，逕自向圓慧的方向問道：「袁照。今天的事，你怎麼說，要怎麼了？」

圓慧回道：「阿彌陀佛，好說好說。貧僧只對阿鼻劍有感，其他事都無關。」他頓了一下：「阿鼻劍既然已經注定要封存此山，貧僧就此守護。各位施主之間的恩怨糾紛，非貧僧所能過問。請自善了，請自便。」

黑袍人哼一聲：「你總是兩面圓滑。當年如此，出家了也如此。」

圓慧揚聲笑道：「好說好說。你古瞎子也是當年就火氣不小，多年後也如此。」

黑袍人沒理他，朝血惡他們說道：「那你們怎麼說？大家在這裡先散了如何？有什麼帳以後再算？」

剛才的雪花又停了，夜風吹得大。

兩個惡道望向血惡。血惡嘰哩咕嚕說了幾句。

「他說好不容易把勿生堵到這裡，並且剛才嚐他的血太香了。他還不想走。」女惡翻譯給食惡聽。

「有這個瞎子還好。」食惡打量了一下我們這邊。「聽水惡說，那個小子不見得好擺弄。」

女惡輕笑了一聲：「這你好像說錯了吧。剛才如果不是方大掌門踢了他個懶驢打滾，現在他脖子都不見了。」

我一陣血氣上湧，橫劍當胸。「剛才我手裡什麼都沒有，要不要現在試試？」

女惡又笑了一聲。

我沒等他笑完，欺身上前，疾刺而去。

這次我完全沒有想什麼劍法，起手收手招式，剛才勿生的快劍給了我很多靈感。其實，那也就是我跟他學的「攻其必救」。不論女惡的刀光如何閃亮，我都只朝他的要害招呼。只要搶了先機，他回刀封擋，那我就可以一直不待劍勢走老，變化方向刺劈削砍他身體其他部位。

勿生剛才已經示範給我看。現在我引劍在手，一劍接一劍，源源不絕地攻向女惡。而我和勿生不同的是，我並沒有受傷，我的內力充沛。並且很奇妙地，我發現開始的時候固然是全神貫注地在運劍，沒過多久，隨著劍走，體內的氣流也跟著運轉，內氣和劍向合而為一，到了劍招要轉換之處，劍隨氣走，氣隨劍行，開闔之間澎湃激盪，和我過去用劍固然有天壤之別，和我在山裡練劍的時候也截然不同。

女惡在我眼裡完全不是那個凶惡可怕的敵手。他的兩把彎刀再多光影，對我也沒有影響。他只是個移動的目標，他拿著彎刀的手是目標的兩個翅膀，我要做的事或者砍下翅膀，或者穿過翅膀，或切或削或刺的擊中目標。

女惡是否落居下風，我完全不理會。旁邊觀戰的人，根本在我心頭消失。我只是專心享受這個過程。

咻！

突然光影飛來。

女惡使出了兩把彎刀交互拋擲出來，一起一落飛攻的招數。但是過去那讓我目瞪口呆的這一招，現在我看到只覺一種好像看到他敞開門戶的欣喜。我的內力足夠，噹一聲震飛了一把，切中了圓慧手下一名徒弟。

在場的所有人似乎都退後了一步。

我看黑袍人。他臉上沒有任何表情，但是金錐輕輕在地上叮了一聲。

我想起那天在城外看他一錐呼嘯而過的氣勢，看現在女惡慢步退回去找自己的彎刀，心情亢奮。

我相信，我和黑袍人一定可以把勿生救出這裡。

我會再好好幫他調理好。

「我說吧。」食惡說道：「今天算了，我們就走吧。」

原來堅持的血惡，沒有作聲。

女惡也是。

「各位，那就後會有期。」食惡已經收起了他的叉子。

「誰都不許走。」

一個聲音響起。

在我們身後。

五六 呼喚你的劍

是勿生。

剛才他躺在地上。

現在他站在那裡。在一棵樹下。

他的嘴邊、身上，仍然是血汙一片，左脇的傷口看不出是否還在冒血，但他沒有歪著身子，而是站得很挺。

他手裡拄著一個東西。在遠處燈籠稀微的光影下，長長的，形狀上寬下窄。

我猜，大約就在同一時間，很多人看出了那是什麼，不約而同驚呼起來。

「阿鼻劍！」

我背脊上刷過一陣冰涼的寒意，全身起了雞皮疙瘩。

剛才我注意到，勿生摔倒地的地方就是圓慧弟子挖出埋藏阿鼻劍之處。但這是怎麼回事？

勿生明明奄奄一息，怎麼站了起來？

就算他摔到了埋藏阿鼻劍的坑邊，剛才還所有的人都吃盡力氣拿不起來的劍，怎麼會被他拿了起來，握在手裡了？

「那個和尚跟我說，只有我死了，才能知道怎麼把阿鼻劍呼喚回來。」

那天晚上，勿生在燈下告訴我那個和尚講的怪話，他在揣摩那句話到底是什麼意思的神情，都浮上我心頭。

突然，那天在山裡看到地藏菩薩像的顫慄感覺又回來。

耳邊轟轟轟轟！轟轟轟轟！

「勿生施主，這是怎麼回事？請教所以。」

本來已經抽身事外，看來像個沒事人的圓慧和尚，往前走來。他弟子的燈籠，也一起靠近了一些。

勿生的臉色仍然慘白，但是眼睛透著一抹我說不出的神色。

他沒有理圓慧，喘息著對黑袍人說話：「古岩。多年不見，身手還是這麼好。謝謝你出手相救。」

「當年承蒙照顧，來得太晚，還請見諒。」黑袍人回道。他說話聲音很乾澀，和他金錐的殺氣正好相配。

「不，一點也不晚。恰好。」勿生說，他又轉頭看我。「你很不錯。很快就抓到要領了。說你天生是塊學武的料沒錯。」

他的話十分柔和，很鼓舞人。但我卻沒有感到欣喜，而繼續全身都是寒意。可能是他的眼睛。他看著我，說著那麼親近的話，但眼神卻好像退得很遠很遠。

他死去活來一次，我應該再開心不過，但是不知怎麼，他卻好像和我認識的那個勿生不太一樣了。

「怎麼回事？」勿生終於回頭去看圓慧：「沒什麼事。我把阿鼻劍呼喚回來了。」他頓了一下：「用我自己的血。」

勿生慢慢把手裡的劍舉了起來。

「我當年不該把它封埋起來。今天要把它呼喚回來，只有我自己大死一次了。」他說話的聲音也幽幽遠遠的。

黑夜裡，燈籠的光中，不知我是否看花了眼，那把通體黝黑的劍身，似乎有一股晶然的綠光一閃而過。

喀！

喀！

勿生輕咳著笑了幾聲。

「所以，我要感謝你們啦。尤其你。你那根棍子還真好，正好讓我流了足夠的血，把我的劍叫醒了。」

血惡的臉，在燈籠的閃動下顯得有些扭曲。

「走吧。別理他。」食惡跟其他人說。

血惡咕噥了兩句。

女惡回嘴跟他也咕噥了幾句，又加了一句：「別不信邪。走吧。」顯然他也覺得事情來得怪異。

血惡回身要跟他們走了。

「喂！」勿生叫住了他。

夜空中有種什麼，低沉得讓人喘不過氣。

這一會兒，勿生挪動了下身子，竟然往前走了幾步。看得出來，步履虛弱，還是有點搖擺。

血惡本來要朝女惡他們過去了，這又停住腳步，望著勿生。

「我的血不是很好喝嗎？錯過了可是很大的遺憾噢！」勿生帶著一點輕笑，慢慢說道。他的阿鼻劍又垂下，劍尖抵住地面支持住他。「我跟你說，現在我還很虛弱，你還有機會。等我將來好了，可有你好看的了。」

血惡尖細的舌頭微微露出，舔了舔嘴唇。他的眼睛裡也有種光芒。這我看得出，就是貪婪。我想起他在縣城咕嘟咕嘟喝那剛砍下人頭的鮮血，他這是真的飢渴了吧。

血惡大聲說了幾句話。女惡欲言又止，還是幫他翻譯了：「那這個瞎子和這個小子都不能幫你。」

「我早說過，今天晚上誰都不能幫我。不然我就先死在自己手上。」勿生緩緩地說道。「古岩先前沒聽到我說的話，不算。」

血惡說了一句我聽懂的話：「說話算話。」

「那當然。」勿生回了一句。

他的話音未落，血惡疾衝而上，刺棍朝勿生的左脇掃去。

勿生本來握劍拄地而立，倏地一劍撩上，不避不閃，直接「咚」然一聲震開了刺棍。

誰都沒有意料到方才重傷的勿生哪來的力氣這麼格開血惡的刺棍。

血惡當然也是。

他右手被震開，刺棍差點脫手，空門大開。

也就在這一剎那，阿鼻劍由上而下斜劈進他的右頸和肩胛骨之間。

他骨頭的碎裂聲、慘號聲同時響起。

勿生拔劍，血惡脖子上噴泉般騰起血霧的時候，他又一劍從另一邊劈進血惡的頸子。

慘號聲戛然而止。傳來刺棒的落地聲。

血惡的頭說斷未斷，以一個奇怪的角度吊垂下來。

滋溜滋溜噴血的聲音在繼續。

再一會兒，血惡的身體才落地。

五七 劍鳴

好一會兒，我一直在想的都是那些為什麼。

為什麼那奇重無比，無人能抬得起的阿鼻劍，勿生不但能拔起，還能突然使得這麼輕靈？

為什麼那一劍撩開血惡刺棍的時候，發出「咚」然一聲？那像是什麼中空的木頭發出來的聲音。血惡的刺棍可是精鋼打造，如果是中空的木頭，早就砸了稀巴爛。

又為什麼聽起來像是中空木頭的一把劍，一劈進血惡的身體，那麼俐落地切開骨骼血肉？

等我從這些為什麼裡面回過神的時候，剛隱約看到兩個惡道遠竄的背影。

圓慧和他的弟子把我們圍住。

方禮站在一段距離之外。

「為什麼要擋我？」勿生說話。他的聲音冷冷的。「你不是說要我們自行了結，不干你的事？」

圓慧打了個哈哈：「好說好說。彼一時此一時。」他喝了一聲：「燃燭！」

淨音等應了一聲，身手麻俐地點起了十來根巨大的火炬，這下把一片空地照得光亮。

「剛才因為反正要把阿鼻劍封存在這裡，所以各位之間的事與貧僧無涉。」圓慧慢條斯理地說道：「現在施主既然已經把阿鼻劍打開封印，那麼此事當然就是貧僧，也是智覺寺之要事了。」

勿生搖了搖頭：「袁照啊袁照，你到底一定要這把劍做什麼啊？」

「阿彌陀佛。」圓慧唸了句佛號。「這些年我也參究了不少佛經。阿鼻劍應當是與地藏菩薩有難解的緣分。既然出自佛門，理當回歸佛門。」

「你倒不只是學了法術，也還真讀了些佛經。不過阿鼻劍就算與地藏菩薩有緣，只怕我們凡夫俗子不是地藏菩薩，有了劍也可能只會造孽。你們滿口佛門清淨，拿這把劍回去有什麼用？」勿生的聲音高昂了一些。

「佛門弟子，出家是為清淨，清淨是為精進，精進是為入世濟人。入世濟人，當然要有非常手段，非常利器。」圓慧說。

「是嗎？」勿生說：「入世濟人，可用皆為利器，何必非要找這把佛魔一體、渡殺不分的阿鼻劍？和尚也不過是個凡夫肉軀，只怕沒法駕御這阿鼻劍。」

「阿彌陀佛。」圓慧又唸了句佛號：「如果貧僧無法駕御，施主恐怕就更沒有辦法。現在施主重啟阿鼻劍，只怕走火入魔，萬劫不復。如此何不歸還佛門，反而是好？」

勿生先是沒有出聲。

雪下得又大了一些。

火炬在風中晃動，雪花飄蕩得也更急些。

接著我聽到勿生喃喃自語地說了一句：「只怕走火入魔，萬劫不復。」

「善哉善哉。」圓慧說。

勿生沒有理會他，自顧自地又說了一句：「只怕走火入魔，萬劫不復。」一方禮在旁，一直沒有出聲。但是我看到他在這段對話的當兒，慢慢挪動了腳步，往這邊走近了些。

圓慧和弟子，也朝勿生走近了幾步。

有人朝我，有人朝古岩移近。

我忽然了解圓慧為什麼要點起火炬了。

古岩本來就是瞎子，在黑夜中聽音辨位是他的有利點。點火照明，圓慧是讓自己不要吃虧。

哈哈哈哈哈哈！

接著，我突然聽到一陣大笑。

是勿生。他一直仰天大笑。笑聲震盪了山谷，雪花都在亂飛。

勿生的笑聲終於停住。

他慢慢舉起阿鼻劍，細細端詳。他凝視著劍的眼神，我覺得似曾見過，不由得怦然心跳。過了一會兒，才想到那是小青那夜看我的眼神，那是深沉的留戀。

在火炬的照耀下，我總算比較清楚地看到那把劍。劍的通體黑黝。不顯任何光影。

雪花落下，落到劍身就倏然消失，好像落入黑沉的潭水。

四周一片死寂，沒有動靜，所有的人都屏住氣息。

「阿鼻劍！阿鼻劍！說是可正可邪，可佛可魔，但我用過，我知道成魔的可能有這座山這麼大，成佛的可能不過一片雪花！」

他的聲音不像剛才那麼激動，變得很平靜，低沉下來。只是四周沒有人發出任何聲響，所以他說的話還是可以聽得很清楚。

「八年前，我就是擔心自己把持不住，不想走火入魔，不想萬劫不復，才把阿鼻劍封在此山中。」

他慢慢回身，朝方禮看了一眼，指了一指。

「我回去告訴你這件事，是問心無愧，當弟子的遇上這種事，也無可隱瞞師父。可是你呢，你當師父的，竟然聽我說了這把劍，就自己心動了。」勿生的聲音又逐漸大了起來。

雖然聽勿生講過這件事，但現在看勿生當著自己的師父說，而方禮的臉色很沉的樣子，我的心底有巨大的震動。

「我告訴過你這把劍的魔性！」勿生的聲音很尖銳，「你不聽。你都忘了，你教我們摩訶劍的第一句話是什麼！不染不著！我是記著這是我所學的根本，才怕自己拿到阿鼻劍會把持不住！你不鼓勵我，竟然還一直說我的不是！」

五八　刀陣

「你把持不住，怎知為師的把持不住？」方禮終於說了句話。

「你把持得住，會那樣說我嗎？」勿生冷冷地說。「以前說我使劍靈活，後來說我亂了路數？」

方禮無語，輕嘆了一口氣。

「我知道後來忤了你的意。」勿生望著方禮：「鎮國公抓了我劫法場，殺了朝廷命官的理由找上門來，要你的山莊，你叫我先避一下風頭，要表演把我逐出門牆給他們看，我都同意了。」

他頓了一下：「可是，你為什麼要收了我的劍，又把我下山之路告訴他們，讓那個摩雲將軍埋伏在那裡暗算我？要不是命大，我就死在那裡了。」

「沒有，為師的怎麼會做這種事！」方禮終於又說話了，「收你的『澄心劍』，是為了要證明你確實出了門牆。他們怎麼埋伏在那裡，我真不知道。」

「不是你，那是勿語跟他們說的嗎？」勿生說話仍然很冷。

「你大師兄也怎麼會做這種事！」方禮說道。

「所以啊，那是誰說出去的？」勿生說。「那條小徑，你說是要道，只告訴過我們兩個。」

我終於知道那些夜裡他深沉的嘆息和呻吟是怎麼回事了。自己的師父，自己的師兄。

圓慧輕咳了兩聲。

「兩位施主要敘舊情，何不下山之後另擇一時？先把阿鼻劍歸還本寺？」

勿生回頭看他：「不呢？」

圓慧略揮了下手，淨音等弟子刷的移動，扇形半圍住勿生。

勿生說道：「袁照，你的法名已經叫圓慧了，怎麼會仍然貪瞋痴絲毫未滅？」

圓慧說：「何以見得？」

勿生回道：「非要這把劍不可，是貪。人家不給就要打要殺，是瞋。明知道這些弟子是送死卻還是要上，是痴。」

圓慧又唸了下佛號：「阿彌陀佛，施主差矣。貧僧積極要把阿鼻劍引還佛門，是精進波羅蜜。不怕施主冷嘲熱諷，是忍辱波羅蜜。證入空性，生死不在心上，是般若波羅蜜。」

勿生輕笑一聲，我卻感到一顫。像不久前看他剛站起來的時候，看著我說著那麼親近的話，卻讓我覺得很冷的寒意。

我看淨音，他清淨俊秀的臉上，沒有絲毫表情。

而他的手，慢慢抽出了兵器。

是一把刀，長刀。

刀身細窄、刀尖銳利。

是我在長樂府夜市上看到的那種日本刀。

在火炬的映照下，比我那天看到的更是精光奪目。
其他弟子，手上抽出來的，也都是。
他們站的方位不同，各自在火炬照出的光影中閃動著不同的寒光。
十四個燈籠整齊地陳列在他們身後的地上。剛才一人死在彈飛過去的女惡彎刀之下，在燈籠旁邊。
燈籠上鮮紅的字仍然在吞吞吐吐。
勿生緩緩橫劍當胸，左手彈了彈劍身。
咚！
咚！
這次和剛才中空的聲音有些不同，像是彈在比較結實的木頭上。
他望向淨音說話了。和剛才在輕笑的時候給我的感受不同，勿生這次說話的聲音很低沉。低沉中還有點我說不上來的什麼。
「淨音。這些天，謝謝你的安排照料。你師父不聽，我再跟你們說最後一次。」勿生慢慢說道：「阿鼻劍有魔性。殺一人，飲一人血，魔性就新增一分。現在你們要走，還可以走。等我再殺幾個人，就是有人要走我也不放了。」

淨音沒什麼猶豫就回答了，很清楚。

「勿生大護法，小僧了解。因緣如此，就請讓小僧見識一下，也死而無憾。」

雪下得大了。

我看古岩，他的黑袍肩頭已經一片白。古岩仍然不露任何神情。

「好吧。」勿生走向前。

也就在起步之前，他回頭看了我一眼。

雪花還沒密到看不清他的神情。他那一眼讓我永難忘記。

我先是突然明白剛才他低沉的聲音裡還有的一種東西是什麼了。

那是一種哀傷。

但他眼中還有別的。

有一種興奮。

還有一種期待。

也有一種告別。

我隱隱意會到，這兩個月朝夕相處的匆生，即使我對他所知不多的匆生，將一去不返。

從此，他走上一條自己迴避了多年的路。

我眼前有些模糊起來。

五九 青春之戰

我和勿生一起那麼多年，一起經歷過那麼多陣仗，看他殺過那麼多人，但是那天晚上和那十三名年輕和尚的很難忘。

十三把日本刀，每把刀都是精鋼打煉的精品。

圓慧也把日本刀法糅合進他的招術，教給了弟子，並且成了刀陣。

他們奔躍進退，利刃劈削在風中帶起尖哨。

雖然看過剛才勿生斬殺血惡的場面，沒有一人顯得膽怯。

兩百多年後回顧，首先想到的還是「青春」兩字。

就像我那之前不久敢和女惡以快打快，雖然是先看了勿生的示範，但也因為那個時候年輕，無所顧忌。

生死，不過刀刃、劍鋒的尺寸之間。沒有太多需要顧忌。

不像後來逐漸上了年紀，生死涉及的考慮越來越多。

勿生也是。

雖然他年紀大了我，也大了那些和尚一截，但我總覺得那是他的青春一戰。這一點是我看他們過手了一陣之後，體會到的。

他的血才剛喚醒阿鼻劍。剛才斬殺血惡那一幕，固然有不可思議之處，但也怪血惡自己的輕敵。

現在勿生面對這十三名年輕和尚則不一樣。

一來可以看出他畢竟有傷在身，開始的時候使的快劍不多；二來這些和尚見識過剛才的場面，全神貫注，互相掩護，所以前面一段時間反而占了上風。

而我說那也是勿生的青春一戰，是因為我看出他使用阿鼻劍尚有生疏之處，但也從生疏之中奮戰不懈，想要找出趁手的節奏。

所以，那也是勿生重新拿到阿鼻劍之後的學習之戰。

這樣，有好一會兒。

日本刀利刃破空之聲此起彼落，不時響起和阿鼻劍交擊咚咚之聲，宛若音樂。

火炬，在風中閃動，有如觀戰。

雪花，則像是配樂紛飛而舞。

圓慧固然看得目不轉睛。方禮也鎖著眉頭一路觀戰。

所有的改變，發生在勿生終於有一劍擋開一名和尚，趁他還沒及時跳開之前，一劍刺進他的心口。

這時淨音的刀從勿生身後劈下。勿生刺進那和尚心口的劍不拔反推，急衝一步，刀刃剛好掠過他的後背，拉開了衣服，切出一道血口。

勿生拔出穿透那名和尚胸口的阿鼻劍。噴出來的血濺了他一臉。

可能這一幕震動了那些和尚，包括淨音的刀都緩了一下。

他們實在不該的。

因為就在緩了那一下的空檔，勿生已經又出了一劍，並且速度突然不同，轉眼又傷了一人。阿鼻劍再度見血以後，他使劍開始更順，背後的傷口顯然沒有妨礙。

刀劍相交的聲音，也有變化。

隨著勿生每傷一人、每殺一人，阿鼻劍都轉變得有些不同。

原先像是中空木頭的「咚」音，逐漸緊密。

到勿生刺倒第八人的時候，阿鼻劍和日本刀交擊之時，已經是悠長的「噹」音。

勿生自己身上也多出了一些傷口，但他渾然不覺。

淨音和其他四人，雖然身上各有血汙，也是沒有任何怯場的樣子。

尤其淨音，在其中刀法最為刁鑽，勿生身上的傷口多是他造成的。

突然，勿生收劍跳開。

「住手！」他大喝一聲。

大家都停住。

雪下得大。

風也颳得很大。

火炬晃動得很厲害，所有人的影子也不停扭動。

「給你們最後一個機會，別再送死！」

勿生全身自己傷口和血，以及別人噴濺的血，混合一起，熱騰猙獰。他的聲音像是嘶吼的，其中有一種憤怒，有一種掙扎。

我記得清楚，是因為那是我第一次聽勿生那麼說，也是最後一次聽他那麼說。之後那麼多年，他和那麼多人交手，我再也沒聽過他給別人這種機會。

那是他大開殺戒之前，最後一次的克制。

淨音和四個人，看來並沒有聽進去。

他們挪動方向，準備再次衝前。

「袁照！你要不要臉？光知道派你弟子來送死！有種自己動手！」

勿生的聲音在山谷中迴盪。「動手！動手！動手！～～」

「呵呵。」

終於，回聲之後，聽到圓慧輕笑了兩聲。聽不出任何恐慌、不安。

他往前踱了兩步，伸出兩手。雪中，加上隔得遠，看不出他手中握著什麼。
但他兩手互敲了三下，有一個像是沙沙的聲音傳來。很細微，但是很清楚。
接著，我聽到了一陣輕輕的鈴鐺聲。
然後，黑暗的樹林中，有一棵特別巨大的移動了。整個夜晚的黑，似乎都在移動。
又再下一刻，我看到那不是樹，那是一座塔。
又再下一刻，我才看清那不是塔，那是一個人。
一個巨大的，通體黑黝的人。
我以為是樹葉的，是他鬈曲及腰的長髮。他上身全裸著，只圍了條皮裙，項上戴的鈴鐺還在。
他的兩手，各握了一柄帶著鐵鍊的巨鎚。
「還是要我們出手幫你吧。」有人在說話。

六十 地獄

說話的不是那座黑塔似的巨人。

另一個人從樹林裡踱了出來。

一襲道冠、道袍。正是和圓慧一起在七天法事裡較量的劉無為。

幾個和尚「咦」了一聲回頭看他們師父。

也就在這時，驀然，刀光亮起，是淨音揮刀。

一刀一個，劈砍削刺，比剛才勿生還俐落地把他四個同門師兄弟放倒在地。

我忍不住驚呼。

勿生也「哦」了一聲。

方禮抖動了衣袖。

連一直沒出聲音的古岩，也「咦」了一聲。

淨音收刀，慢步退回圓慧身邊。

「佛道本就一家，我們一起聯手，其實也沒什麼見不得人。」劉無為揮揮手裡的拂塵。「我看你是準備要使出最後絕活了？不先讓我們黑子先試試？」

圓慧冷冷回道：「不必。就雙管齊下吧。」

劉無為說：「可以。那事成之後，你可要就此離開閩境，別再跟我在皇帝跟前爭寵了。」

圓慧輕哂一聲：「不在話下。」

「等一下。袁照，我忘了問你一件事。」勿生說道：「那年王仁達騙王繼鵬上船，我跟古岩都跟他說不要，你卻慫恿他。你是真不知道有埋伏，還是你跟王仁達講好的？」

圓慧先是沒回答，再一會兒說道：「你說呢？」

勿生點了點頭，說：「很好。你們就來吧。」

圓慧低頭開始持誦什麼。

劉無為也右手持拂塵，左手凌空比劃，口中唸唸有詞。

雪下得更大。

本來一直燃著的火炬，突地一起熄滅。

天地驟暗。

只剩雪地的晶瑩反光。

巨塔似的黑人，一動不動。連眼白也看不到了。

淨音持刀而立，也是沒有任何聲息。

過一會兒，雪地的瑩然反光突然暗了一層。

圓慧繼續低頭立在那裡持誦。

劉無為凌空指點的動作也更快速。

周遭又暗了一層。
也突然，有什麼聲音出現。
不是肉耳所能聽見的聲音，比雪落到地上還更輕不得聞的聲音，卻就是讓你知道有聲音的聲音。
我全身寒毛直豎。
然後我看見了。
林子裡，有些影子出來了。怎麼出來的我說不上，像是走出來的、移出來的、飄出來的，一個兩個三個四個。
這裡那裡那裡這裡。四面八方。
幢幢的影子把我們圍住。
方禮叫了一聲：「勿生！」
勿生沒有出聲。
我往古岩更靠近一步。
圓慧倏地停止了持誦。
劉無為也停止了動作。

兩人都一動不動地站在那裡。

天地間在動的，似乎只有那些影子。

我大著膽子望了過去。

影子似實似虛。加上雪花如簾，間隔其中，更加如夢似幻。然而，我往他們腳下看去，卻一陣頭皮發麻。

他們的腳不落地，虛浮著。可經過之處，雪地上卻留下一點點一灘灘痕跡。有黑的，有紅的。

我也看得到他們的形體了。缺頭殘臂斷足切腰，形形色色。有的眼珠子吊到嘴邊，有的嘴巴豁裂到腦後，有的拖拉著腸子。

突然，我看清楚。嘴巴成了一個大洞的那個，是王風！拖搭著腸子的，是我用鉤子拉開他肚子的那個。

我的心都狂跳到要蹦出胸口了。

還有好多好多的影子，男多女少，包圍著我們。但只是圍著，沒有進一步的行動。

沙沙沙沙。

圓慧手裡的東西又響了幾聲。

四周幢幢的鬼影，先是繞著勿生和我們游移轉動，又逐漸飄移，驀地，所有的鬼影倏然匯流，全部穿入了巨塔似的黑人身體。

雪地裡一片清淨。

再過了一會兒，我看到有綠光在閃動。

閃動的，是巨塔黑人的眼睛。

他睜開了眼，但不再有眼白，而是陰森的綠光。

接著，他開口了。

我聽到了地獄的聲音。

六一 鬼戰

「我也給你最後一次機會。告訴你出自佛門還於佛門你不給，那告訴你出自地獄還於地獄你給不給？」

這些話，雖然出自那個巨人之口，聲音卻像是有一萬個人同時發出。

像是一萬個有粗有細，有男有女，有尖笑有嘶吼，有慘號有怨恨的聲音同時說了這句話。

但他們說的每一個字都絲毫不差，所以沒有任何混雜，字字聽得清清楚楚。

但每一個字又都忽高忽低，忽遠忽近，忽大忽小。

而隨著巨人說這句話，四周原本清淨的雪地，突地又出現無數的影子，還全都上上下下移動起來，有快有慢，有高有低，有些合而為一，有些一拆為二……

雪花的光影也不斷變化，忽而血紅，忽而森綠……

我全身像是陷入冰洞，緊緊握劍，手也在發顫。

「起！」

巨人朝一直持刀閉目靜立在圓慧身旁的淨音一指。倏然又有幢幢的鬼影刷入了淨音的身體。淨音全身骨骼響起了一陣怪異的聲音，身形突然似乎增大。

他睜開了眼睛。也是同樣森然的綠光。

淨音刀勢一橫，護衛靜立的圓慧和劉無為。

「勿生，一別七年，我苦練這召鬼之術，就是為了有朝一日能得到阿鼻劍。阿鼻劍既是地獄，人鬼殊途，於你有害，何不還是給我？」那聲音像山崩又像細針：「不論你要什麼，我可以召鬼奉之。」

「不勞你牽掛。」勿生的聲音也聽來幽幽遠遠的：「我重新拿起了阿鼻劍，自有我的路要走。」

「是嗎？怕你今夜走不出這裡。」

吱吱嘻嘻的各種詭異之極的怪笑聲糾纏在四面八方響起。

隨著笑聲，四周的鬼影匯成一股巨流衝向勿生。勿生揮劍迎上，鬼影四散，從他身後湧上。勿生回身劍轉一輪，鬼影又疾分而去。

勿生一個箭步朝巨人衝去。

砰然一聲巨響，他跳了開來。

一柄巨鎚帶著鐵鍊砸在他身旁不遠處。

緊接著另一柄。勿生也閃掉。

我、古岩和方禮各自退開幾步。

「很不錯。」勿生的聲音傳來。「可惜你做錯了兩件事。」

「什麼事？」

「你不認識阿鼻劍。」勿生的聲音很平靜。「你不知道我為什麼要為了這把劍掙扎。」

「為什麼？」那聲音騰空又鑽地。

「阿鼻劍嗜血。拿劍在手，常常殺不住手。但我不知道是否那麼多人該殺。」勿生說。

「殺即是渡！渡即是殺！」這次聲音帶著巨大的笑意洪然迸發。

「所以，如果你召來這麼多人，我真不知道如何是好。可你召來這麼多鬼，對我就沒有任何問題了。」勿生說。

「啊？啊？啊？」聲音四處流竄著。

「阿鼻劍不需要回到地獄。」勿生說。「阿鼻劍本就是地獄。」

「是嗎？在這裡才是吧？」聲音說著。

這時，巨人開始變化。

他漆黑的頭、臉、身體，有點點的光出現。

再看，不是光，而是身體開始一點點透明。隨著透明，剛才匯入他身體的那些鬼影形體出現得清楚。

紅綠黑紫各種顏色，長短圓缺各式形狀的鬼魂，像是在那巨人漆黑、透明交錯的軀體裡掙扎，又像在舞蹈。

巨人全身在詭異慘然的光影中變幻不定。

他也慢慢甩舞起兩把巨鎚，帶起氣旋。

這時，我突然聽到勿生發出了奇怪的聲音。

很像是一陣咒語。

在幢幢鬼影之中，阿鼻劍的劍身也泛起螢螢綠光，只不過和巨人跟淨音眼中的綠光又不同，不是森然而是一種晶亮。

隨著勿生的聲音，阿鼻劍身的綠光逐漸吞吐，越來越盛。

四周的鬼影不再像剛才那麼一致出聲，而是各種尖叫狂嗥的怪聲四起。

到勿生最後一個「吘」音爆發之時，也是巨人兩把巨鎚左右朝他呼嘯而來之時。

勿生一躍而起，正好穿越兩把巨鎚相擊的空隙，阿鼻劍在這時猛然揮出。

一片綠光大盛。不只林間每個鬼影的面像都眉鬚可見，驚懼慌亂，連充塞巨人體內的各形怪鬼也都翻滾竄飛。

兩柄巨鎚同時擊中地面，我和古岩及時閃躲，濺了一身雪堆雪塊。方禮沒動，一柄落地彈起的巨鎚眼看就要擊中他，他手中劍光一閃，切斷了鐵鍊，巨鎚斜飛而去，砸倒了幾棵樹。他揮手之間就能如此，摩訶劍的威力果然名不虛傳。

而我也看到勿生這時高高地躍起在空中，雙手持劍，像隻老鷹般朝巨人俯衝而下。

阿鼻劍斬進了巨人的頂門。

有一個很輕又很清楚，像是「滋」的聲音。

然後一陣耀目的光爆開。

我睜開瞇了一下的眼睛時，一幅奇異的情景。

所有的鬼魅怪影都消失。

所有的聲音也都靜止。

只有雪在繼續下。只有風聲。

巨人還立在那裡，又是漆黑的身體，一動不動。

圓慧、劉無為、淨音三人也都是立在原地，保持原姿。

勿生仍然雙手握劍，在巨人身前不遠處。

他慢慢退後。

緩緩地，巨人漆黑的身體由上而下浮現一條線。

綠線。

接著綠線擴大。

他的身體慢慢分開。左右。

沒見任何血水。

但是隨著他身體分裂，可以瞥見裡面骨骼、筋肉、臟腑各自在位，像是阿鼻劍切開的時候即刻光滑地凝結。

砰然，巨人的身軀分成兩半落地。

再接著，傳來小了很多的類似聲音。

圓慧、劉無為、淨音三個人的身體，也是同樣的情況，不見任何血水的一分為二凝結，分裂倒地。

那個景像，像是剛才所有的生死大戰都沒發生，勿生只是切了幾個人偶。有大有小地躺在地上。

勿生走了過去。腳步停在圓慧身邊，右半身邊。和其他幾個人不同，圓慧的右眼是睜著的。

「我剛才跟你說，你做錯了兩件事，只講了一件。讓我告訴你第二件吧。」

勿生跟他說。

圓慧睜著的眼大大的。似乎不能相信這是怎麼回事。

「剛才劉無為要他的黑子先試一下是對的。這個黑子的鎚子，加上淨音的刀，再加你們，以我剛才的狀況，即使有阿鼻劍也討不了好。」勿生說。

他又走到圓慧的左半身邊。那邊的眼睛也是張著的。

「可是你太貪心了。偏偏要雙管齊下，用他們的身體召鬼引魔。你控制他們身體，他們動作慢了不說，更不知道阿鼻劍來自地獄，逢魔遇鬼，反而有格外不同的力量。」

勿生用劍拍了拍圓慧身體凝結的剖面，傳來和輕拍一個人的臉沒什麼不同的聲音。

「下次投胎，記住別再這麼貪心。」

雪下得更大。

勿生走了回來。

他對著一直站在當地的方禮說話了。

「方掌門人，請回去了吧。」

方禮看看他，想講什麼。

勿生搖了搖頭：「到底是你還是勿語跟他們講的，都不重要了。也許，真像你說的，就是巧合。」

他和方禮講話的聲音沒像剛才那麼冷。「你看吧，摩訶劍還是好劍，摩訶劍法還是好劍法。你回去繼續教弟子，調解武林糾紛，善莫大焉。阿鼻劍真不是你該想的。」

方禮回話了：「開始我是真想看阿鼻劍。可這次來，我主要是聽說你受了傷，就是不放心你。」他停了一下，「並且，路上我查出了十八惡道和鎮國公的關係，他們想做什麼事。我們可以去找鎮國公，跟他交換一下條件，叫他別再動摩訶山莊的主意，別再找你麻煩。」

勿生微微一笑。「不用了。都是機緣吧。都來到這裡了，我也回不去了。」

接著，他說，「師父，我再最後一次叫你。回去以後，請你就把掌門傳給勿語吧。當年我們兩個都喜歡方婷，你一直不下決定，最後把方婷嫁給別人了。」他很平靜地說，「這幾年，掌門人的事你又是。我一直在外面晃，就是希望你趕快把位子給了勿語。現在我不回去，你就傳給他吧。勿語早就可以當家了。」

方禮沒說什麼。

他站在那裡聽完，就繼續走了。

很快就消失在雪中。

雪下得更大。

除了黑塔巨人的屍塊太大，其他人的屍體都很快蓋住。

我突然發現，重重衣裘裡，汗水都濕透了。

勿生走過我身邊，沒有看我。

走遠了幾步之後，聽到他跟古岩說了一句。

「走吧。」

古岩沒有猶豫地回了一句：「好。」

勿生說：「你的話還是這麼少？」

古岩回道：「眼不見為淨，口不言也是淨。」

他們兩人往前去了。

我站在原地，不知該做什麼。

「你還在那裡做什麼？」

勿生頭也沒回地說。

我在想，他是對我說的吧。又聽他說了一句：「一起走吧。」

「去哪裡？」我摸不清他的意思。

勿生停下腳步。

「往北。」他說：「回去找他們算算孫手的帳。也要去真正的人間地獄，去找你的嬋兒。」

也就在那個時候，他終於回頭看我了，說：「就快過年了，給你取個新的名字吧。」

「新的名字？」

「從今以後，你就叫勿離了。」

「哪一個離？」

「離別的離。」

所有的混亂驚慌，汗濕重衣的寒冷，都一時消失。

勿生給我取了一個也是「勿」字開頭的名字。
勿離。
要我別離開他的勿離。
只要他不要叫我離開，去哪裡我都和他一起去。
不管是人間地獄，還是哪裡的地獄。
我們三個人，就這樣走了。
雪，下得越發大了。

（《阿鼻劍前傳》卷一〈封印重啟〉結束）

跋

《阿鼻劍》漫畫，從一九八九年在《星期漫畫》上連載，到後來結集出版，不只成為武俠漫畫的經典，也因為中斷而給讀者留下許多漫長的等待。

勿生到底想起了什麼前世？他和阿鼻第九使者到底是什麼關係？阿鼻劍到底是什麼來歷？接下來到底會發生什麼事？

過去三十年，大家不斷在詢問。

現在，《阿鼻劍前傳》，終於以小說的形式開始和大家見面了。

會寫成小說，開始是偶然的因素。

二〇〇八年，因為我和鄭問一直各有忙碌的事情，中斷的合作總是陰錯陽差而沒法接續，所以當時就動念先來嘗試寫小說看看。

但畢竟因為我從沒有寫過小說，那之前身為編劇和鄭問的合作經驗又太愉快，所以寫了沒多久就想偷懶，覺得還是先擱下，等未來再繼續和鄭問合作漫畫才是正道。

但是三年前鄭問去世，我們的合作再也不可能，於是要把接下來的故事寫成小說，就成了必然。

把這個三十年來一直在腦中斷續發展的故事，以小說形式寫出來，成了唯一的選擇。不只為了向讀者，也為了向鄭問有一個交代。

真正開始寫，是去年年初的事。寫到四月左右，一度很順手。但是接下來遇到瓶頸。中斷到七月底，才又接續。只是再不久，就又卡關。

最主要的原因，就是鄭問所畫的漫畫版本《阿鼻劍》實在太精采了。

鄭問在《阿鼻劍》的跋裡說，因為兩人分工，有我在編劇，所以他可以把構思劇情的力量全部轉移到畫面的處理上，融入各種插畫理論與技法，發展出《阿鼻劍》獨樹一格的魅力。

同樣地，對身為編劇的我來說，也是如此。因為兩人分工，有鄭問這樣的絕頂高手在繪圖，所以我不需要構思畫面的細節，而只要發展故事的脈絡、氛圍，在情節上可以跳躍前進。

然而，一旦我自己寫小說，挑戰就完全不一樣了。除了故事的脈絡、氛圍、情節，我必須自己照顧所有的畫面細節，而所有這些都是要用文字進行的。我必須用文字經營所有的畫面和細節，一如鄭問用圖像經營所有的畫面和細節。

我才嘗試寫第一本小說，覺得沒法做到鄭問那麼好。

在半夜的掙扎裡，我經常問鄭問：「為了不要破壞大家對《阿鼻劍》的印象，我還是不要寫下去了。該成為絕響的，就絕響如何？」

鄭問沒有回答過我。

但我畢竟還是不能放棄。

這麼多人等了這麼多年，他們總該知道一些事情到底怎麼了。

去年十一月，在我們的image3 非常圖像空間，有一位先生過來找我，指指他的頭髮，說是已經從濃黑等到花白。他說：他知道鄭問已經過世，但希望我另想辦法，讓他趁眼睛還行的時候，可以把這個故事看完。

於是，一次又一次地掙扎著，我還是一點點寫下去了。能寫下去的動力，也還是因為鄭問所畫的漫畫版本《阿鼻劍》實在太精采了。雖然力有未逮，但我想那還是鼓勵，或者刺激我要把小說設法再寫好一點的動力。所以我在寫的過程裡，還是會問鄭問問題。但換一種問法。這要感謝有一次和陳志隆對談《阿鼻劍》時候的意外收穫。

當年和鄭問合作《阿鼻劍》的時候，十分順暢。尤其寫第二部的時候，常在搭機的旅途上寫，到了飯店再找傳真機發回台北。連載過程中，鄭問從沒對我劇情如何發展表示過意見，我也沒從問過鄭問準備如何鋪陳。跟所有的讀者一樣，我都是到雜誌出來了才看到漫畫，再寫下一期劇本給他。

陳志隆是鄭問當時的助手。那天對談，他跟我說了鄭問聽到傳真機響，去收我劇本的時候經常會發生的情況。

鄭問會站在傳真機旁邊讀。讀完了會哈哈大笑三聲。

所以，寫這部小說，每寫到一個場面，我會停下來想一想鄭問在處理漫畫的某些場面，問一下他：「你看如何？這樣還可以吧？」

或者，想像他看了會不會哈哈大笑三聲。

當然，有時候我也會跟他說：「鄭問，幫我一下！別讓小說漏漫畫的氣啊！」

這樣，我努力著把《阿鼻劍前傳》的卷一〈封印重啟〉完成了。

《阿鼻劍》漫畫版的第三集有過短暫的兩回。當時是把勿生回憶起的前世，和他的現世交錯進行。

而小說版的《阿鼻劍前傳》，則是集中寫前世，寫阿鼻劍的由來，寫勿生如何由摩訶劍的大護法轉變為阿鼻使者，甚至再成為尊者。整個故事則透過阿鼻第九使者的旁觀和回憶來敘述。

時代的背景，則放在五代。

五代不只是亂世，不只有烽火殺戮，還有各種不可思議的人性扭曲。

我覺得那是一個人世和地獄的界限難分的年代，很適合阿鼻劍的情節發展。整體來說，我想寫的是一部武俠小說，也是愛情小說，也是青春和成長的小說。

要感謝的人很多。

專研五代史的陳弱水教授，和他的高足黃庭碩，費心指點我許多那個時空的細節；洪啟嵩推介我閱讀地藏菩薩相關的經典，都受益良多。如果引用上如有疏失，都是我自己的責任。

吳繼文給我初稿的指教，方竹給我的一些情節建議，讓我大幅翻修內容。

吳孟芸和曾孜榮協助提供許多歷史書畫、文物說明；王倩雯幫我搜尋許多參考讀物；大辣編輯洪雅雯，和設計楊啟巽及邱美春在最後階段的全力配合；黃健和秉持三十年前漫畫版催稿的精神持續催生，也都在此一併致謝。

尤其三十年來所有《阿鼻劍》的讀者，沒有各位一直的鼓勵，這本書也就不會出現。

這本小說，是我和鄭問一起獻給各位的。

dala plus 013

阿鼻劍前傳〈卷一〉封印重啟

ABI-SWORD：
Prequel
Volume One

作者：馬利MA LI
繪圖：鄭問CHEN UEN
主編：洪雅雯
校對：金文蕙
美術設計：楊啟巽工作室
內文排版：邱美春
行銷企劃：李蕭弘
企劃編輯：張凱萁
總編輯：黃健和
出版：大辣出版股份有限公司
台北市105南京東路四段25號12F
www.dalapub.com
Tel：（02）2718-2698 Fax（02）2514-8670
service@dalapub.com
發行：大塊文化出版股份有限公司
台北市105南京東路四段25號11F
www.locuspublishing.com
Tel：（02）8712-3898 Fax（02）8712-3897
讀者服務專線：0800-006689
郵撥帳號：18955675
戶名：大塊文化出版股份有限公司
locus@locuspublishing.com
法律顧問：董安丹律師、顧慕堯律師

台灣地區總經銷：大和書報圖書股份有限公司
地址：242新北市新莊區五工五路2號
Tel: (02)8990-2588 Fax: (02)2290-1658
製版：瑞豐實業股份有限公司
初版一刷：2020年2月
初版二刷：2020年2月
定價：新台幣380元
Printed in Taiwan
ISBN：978-986-6634-99-4

阿鼻劍前傳